궐뤼스탄의 시

대산세계문학총서 155

귈뤼스탄의 시

Gülüstan Poeması

배흐티야르 와합자대 지음 — 오은경 옮김

문학과지성사

대산세계문학총서 155_시

귈뤼스탄의 시

지은이 배흐티야르 와합자대
옮긴이 오은경
펴낸이 이광호
주간 이근혜
편집 김은주
펴낸곳 ㈜**문학과지성사**
등록번호 제1993-000098호
주소 04034 서울 마포구 잔다리로7길 18(서교동 377-20)
전화 02) 338-7224
팩스 02) 323-4180(편집) 02) 338-7221(영업)
전자우편 moonji@moonji.com
홈페이지 www.moonji.com

제1판 제1쇄 2019년 12월 10일

ISBN 978-89-320-3589-5 04890
ISBN 978-89-320-1246-9 (세트)

이 도서의 국립중앙도서관 출판예정도서목록(CIP)은 서지정보유통지원시스템 홈페이지(http://seoji.nl.go.kr)와
국가자료공동목록시스템(http://www.nl.go.kr/kolisnet)에서 이용하실 수 있습니다.
(CIP제어번호: CIP2019045330)

이 책은 대산문화재단의 외국문학 번역지원사업을 통해 발간되었습니다.
대산문화재단은 大山 愼鏞虎 선생의 뜻에 따라 교보생명의 출연으로 창립되어
우리 문학의 창달과 세계화를 위해 다양한 공익문화사업을 펼치고 있습니다.

주 (駐) 대한민국 아제르바이잔공화국 대사관의 협력으로 발간된 이 책은
아제르바이잔공화국의 외교 100주년을 기념하는 책입니다.

아제르바이잔 현충원의
배흐티야르 와합자대 동상

출간에 부쳐

아제르바이잔의 국민 시인인 배흐티야르 와합자대의 시집이 한국어로 번역되어 한국 독자들에게 선을 보이게 된 것은 실로 역사적인 사건입니다. 사상 처음으로 아제르바이잔 시인의 작품이 한국어로 번역되었기 때문입니다. 무엇보다 번역 작업에 지원을 아끼지 않은 대산문화재단과 책을 출간해주신 문학과지성사에 깊은 감사의 말씀을 드립니다. 또한 시집을 번역한 한국의 뛰어난 튀르크 학자인 오은경 교수님께 감사의 말씀을 전하고 싶습니다.

이 시집의 출판은 아제르바이잔공화국 외교 100주년을 기념하고자 기획되었습니다. 아제르바이잔의 외교 활동은 1918년 이슬람 세계에서 최초의 민주공화국(아제르바이잔 민주공화국)을 설립하는 데 기여했으며, 1991년 아제르바이잔이 독립 국가를 건설하는 과정에서 중요한 역할을 했습니다.

오늘날 아제르바이잔은 국제적인 명성을 가진 독립 국가입니다. 아제르바이잔의 외교 정책은 최우선적으로 국가의 독립을 강화하고 이제르바이잔의 주권과 영토를 보전하며 아제르바이잔공화국에 대한 국제적 관심을 증대시키는 것은 물론, 국가 간 평등과 상호 협력의 원칙을 지켜나가는 것입니다.

이러한 원칙에 입각해 아제르바이잔은 이웃 국가는 물론 그 밖의 다른 국가들과도 외교 관계를 돈독히 하고 있는데 그중 대표적인 국가가 바로 대한민국입니다. 현재 아제르바이잔공화국은 한국과 정치, 경제, 사회, 문화 및 인도주의 영역에서 긴밀하게 협력하고 있습니다.

아제르바이잔의 국민 시인 배흐티야르 와합자대는 아제르바이잔 문학은 물론 세계 문학에서도 특별한 자리를 차지하는 시인 중 한 사람입니다. 시인은 아제르바이잔 국민들의 사랑과 존경을 받고 있으며, 시인이 쓴 여러 권의 시집이 모두 20개 이상의 외국어로 번역되기도 했습니다.

배흐티야르 와합자대는 또한 독립투사였으며 아제르바이잔 국민과 운명을 함께하며 국가를 위해 싸운 지식인이었습니다. 구소련이 지배하던 시대에 온갖 통제와 억압에도 불구하고 두려움 없이 쓰인 배흐티야르 와합자대의 시집들, 특히 시인의 대표작인 「귈뤼스탄」은 아제르바이잔의 분단과 그로 인해 발생한 고난들을 섬세한 예술적 언어로 표현한 걸작입니다. 아제르바이잔 국민들의 아픔을 다양한 문학적 표현 방식을 통해 상징적으로 구현했을 뿐만 아니라, 아제르바이잔의 역사적 사건들은 물론 다른 국가의 역사를 통해 자국민들의 고난을 표현한 서사시들과 희곡은 왜 그가 국민들의 사랑을 받는 국민 시인인지 말해주고 있습니다.

다시 한번 역사적으로 중요한 이 시집을 펴내기 위해 애써주신 모든 분들께 감사의 말씀을 드리고, 이 책이 아제르바이잔과 한국의 유대를 더욱 강화하는 데 기여하기를 바랍니다.

주㈜ 대한민국 아제르바이잔공화국 대사관

특명전권대사

램지 테이무로브

차례

일러두기

1. 이 책은 B. Vahabzade의 *Seçilmiş Əsərləri* I, II(Bakı: Öndər Nəşriyyat, 2004)에
   서 발췌해 옮긴 것이다.
2. 『귈뤼스탄의 시*Gülüstan Poeması*』는 옮긴이가 붙인 제목이다.
3. 본문의 주는 모두 옮긴이의 것이다.

귈뤼스탄 Gülüstan

아제르바이잔의 통일과 독립을 위해 헌신한
세타르 칸, 샤 매햄매드Məhəmməd 히야바니
그리고 피쉐배리를 기념하며 바친다

한 남자가 있다. 그의 손이 슬며시
실크 손수건을 가져다 안경을 닦는다.
다시 안경을 걸친 남자
비스듬히 멀리 식탁을 향하는
남자의 눈길
식탁 위에 오롯이 놓인 직인(職印) 하나
남자는 종이 위에 자신의 이름을 새긴다.
입가에 번지는 미소.
한 남자가 놀린 펜 하나에 한 민족의 역사가 두 동강이 나는구나.
두 개로 찢긴 민족
깃털 장식 펜 한 자루는
아제르바이잔인의 가슴에 비수처럼 꽂히고 말았다.
비로소 그 남자가 고개를 든다. 그런들 무엇하리
이제 아제르바이잔은 숨을 멈추었거늘.
하얀 종이에 서명을 박는 그 순간에도, 그는 잔인한 미소를 띠었지.
한 남자의 잔인함이 이도록 참담한 이별을 불러올 수 있다니.

진실을 위해 싸워온 민족,

그 민족의 역사적 참사를 비웃었던 한 남자.

짙은 턱수염 역관에게

이것저것 묻더니

좌우를 두리번두리번

고개를 끄덕끄덕

염주를 만지작거린다.

조약에 명시된 조건들 모두 다 괜찮단다.

양국 대표가 차례로 서명한다.

"양국 대표"라니 누가 양국이란 말인가?

양국 대표 모두 생판 남인 이 현실!

이 민족의 운명을 생면부지 남들이 결정한단 말인가?

톰리스[1]의 유령이여, 일어나라.

바배크[2]의 칼이여, 다시 빛을 발하라.

이 조약 항목 하나하나가 무엇인지, 이놈들아! 설명하란 말이다.

우리 손목에 사슬을 채운 자가 누구란 말이냐?

이 나라의 용감한 아들들은 도대체 어디에 숨었단 말인가?

---

1) Tomris: 이슬람 역사가 시작되기 전 마사게트와 사카인 부족에 속했던 튀르크 여성 군 지도자이자, 여왕. '톰리스 하늠'으로 전승되고 있을 뿐, 정확한 생몰년도나 이름은 알 수 없다. '톰리스'는 오늘날에도 여성 이름으로 쓰이고 있다.
2) Babək Xürrəmdin(795/98~838): 아제르바이잔인들이 이슬람을 받아들이기 전 개종을 강요하는 아랍인에 대항해 싸웠던 영웅으로 종교를 바꾸지 않았다는 이유로 사형을 당했다. 아제르바이잔의 애르대빌에서 태어났으며, 아랍인에 저항하는 민중 봉기인 휘래미래르 운동(Xürrəmilər hərəkatı)의 가장 위대한 지도자였다.

항구를 열고, 길을 열어라!

우리 시대 영웅 코르오글루[3]는 어디에 있는가?

코르오글루의 검이여, 코르오글루의 말씀이여

조상들이 물려준 명예, 가치, 영광

이 모두 우리가 물려받은 유산일진대…… 위대한 유산……

우리 민족의 핏줄에는 저력이 흐르지 않는단 말인가!

조상들이 물려준 유산을 이토록 허비한단 말인가?

번개여, 치거라! 세상을 뒤집어버려라!

원한 품은 심장이여, 흥분하라. 터져버려라.

정의를 위해 투쟁했던

전사들의 무덤이여, 다시 열려라!

첩첩산중 산봉우리여, 두 동강이 날지어다.

이 나라의 한(限) 많은 역사가 시작되었도다.

강물은 흘러 애가(哀歌)가 되고

어린 소녀들, 새댁들이 부르는 노래는 비가(悲歌)가 되노니!

그런데도 왜 이리 세상은 조용하기만 하단 말인가. 누구 하나 분노
하는 자가 없다니……

세상은 망해가는데 아무 상관이 없단 말인가.

서명은 하나씩 둘씩

연애편지처럼 그렇게 쌓여만 가누나.

한 사람 두 사람 종이에 서명을 마치더니

차분하게 각자 자리에 앉는다.

---

3) Koroğlu: 튀르크인들에게 구전되어 내려오는 영웅 서사시 「코르오글루」에 등장하는
난세에 백성을 구하는 영웅.

안경 쓴 남자, 염주 돌리던 노인

벌떡 일어나더니 둘이 서로 악수를 한다.

맞잡은 두 손이

민족 하나를 두 동강 내는도다. 내 조국이 반 토막이 나는구나.

눈물이 줄줄…… 눈물이 흐르는도다.

이 끔찍한 참사를 아제르바이잔은 어떻게 생각하고 있는가?

"이보시오, 제발 그만두시오!" 나서는 사람 하나 없다.

이 나라의 주인이잖소!

당신들 아까부터 무엇을 쓰고 계시오?

이 나라 주인들은 다 어디에 계시오?

진실과 법도는 다 어디에 있소?

역사도 세월도 오랜 나라

이 나라를 마음에 품은,

두 형제 나라는

이 참사와 이별에 대해

어떤 생각을 하고 있을까?

이 민족은 아픔을 겪는 것도,

자기 나라에서 노예처럼 사는 것도 당연하단 말인가?

어째서 놈들이 우리 발톱을 뽑아 가고

심장을 도려내며, 영혼을 앗아갈 수 있단 말인가?

누가 그럴 권리를 주었단 말인가?

누가 당신들을 우리 고향으로 불러들였단 말인가?

단 며칠 사이에 일어난 일이다.

궐뤼스탄 작은 마을에

한 민족을 둘로

가르기 위해 모였다니!

그날은 하늘도 흐렸다.

들판에도 하늘에도 구름이 가득했다.

저 멀리 하늘에서 오구즈칸[4]의 영혼이 절규하는 소리가 들리는

듯했다.

울부짖음. 외침 소리.

귈뤼스탄 마을에 핀 꽃들도

그날 이후로 시들고 말았다.

귈뤼스탄은 그날로 폐쇄되었고

이 마을 이름은 오명 속에 얼룩졌다.

「야늑 캐램」[5]의 심장은 타들어가 재가 되고

땀방울은 흐느끼다 말라버렸도다.

음유시인이 연주하는 사즈[6] 한 가락만이

커튼 장막을 휘감는다.

그날은 온 나라가 물에 잠기고

해와 달도 얼굴을 감추었다.

노인 네자비Necabi의 꿈도 희망도

그날부터 아르파[7] 강에 빠져버렸는가.

---

4) Oğuz Xan: 아제르바이잔인들의 조상인 튀르크계 오구즈인들의 왕으로, 튀르크의 가
   장 오래된 고전이며, 영웅 서사시인 「현인 코르쿠트 이야기Kitabi Dədə Qorqud」에서
   많이 언급된다.

5) "Yanıq Kərəm": 아제르바이잔 전통 음유시인들이 부르는 구전시(口傳詩).

6) Saz: 아제르바이잔의 전통 악기.

7) Arpa: 아제르바이잔의 강 이름. 아르메니아와 나히체반의 세무르 기여을 흐름다. '아르

산에서 불어온 바람들이 울면서,

이 슬픈 소식을 전국에 전했다.

꽃들이 말했다.

'저놈들! 손목이나 부러져라'

아라즈[8] 강물도 범람하더니

구성진 민요 가락처럼 슬피 울어댄다. 고향으로 날아드는 철새들 날갯죽지도

하나는 이쪽 땅, 나머지는 저쪽 땅에 걸쳐 있다.

양 날개로 날아오르는 새들 사이를 비집고

한쪽이 꺾여버린 날개로 어떻게 난단 말인가?

눈에서 눈물이 떨어진다.

당신들, 한번이라도 생각해보았소?

당신들이 무슨 짓을 한 것인지?

당신들이 내린 결정에 부담은 느끼지 않소? 조금도 부담이 없소?

우리가 왜 당신들 결정에 따라야 한단 말이오?

이 가여운 나라가 두 동강 날 때

심장이 터질 듯 외쳐대던 그 절규가 느껴지지 않는단 말이오?

위대한 퓌줄리,[9] 용감한 바배크의

항변 소리가 들리시오?

파'는 아제르바이잔어로 '보리'라는 뜻이다.

8) Araz: 아제르바이잔과 이란 사이를 흐르면서 국경을 만드는 강.

9) Füzuli(1494~1556): 퓌줄리는 필명이며, 본명은 매햄매드 퓌줄리 이븐 쉴레이만 Məhəmməd Füzuli Ibn Süleyman. 튀르크어로 작품을 써서 오스만 제국, 아제르바이잔, 중앙아시아에서 명성을 날린 시인이다. 그의 작품 「디반」의 필사 사본이 유네스코 세계기록유산에 등재되었다.

잉크 한 방울로 당신들이

서명한 그 종이가 무엇인지 아시오?

잉크 한 방울로 한 민족을

두 동강 내 피범벅을 만들어버렸네.

한 방울 잉크는 눈물이 되어

수백 년 세월 하염없이 흐르는데.

상처 입은 찬란한 명예

줄 만큼 주었는데 주인들은 더 달라고 한다.

진짜로 잘한 건가

한쪽은 우리를 양이라고 하고 한쪽은 당나귀라고 한다.

먹어치우고, 올라타고 하더니

뒤에서는 사악하게

권력을 가져보라 하더니, 이 큰 땅덩이 땅문서에

도장까지 찍었다.

그들이 덮친 건 종이가 아니다. 아제르바이잔의 심장이다.

포효하는 산덩이다.

무생물 종이, 서명 하나, 직인 하나 담긴 이 종이 한 장

힘과 권력이 얼마나 센지

수백 년 동안 싸워도

단 하루 이 종이 한 장의 권력을 넘지 못하는구나.

종이야, 예전에 평범한 종이였는데,

도장과 사인 덕에 위력으로 존재하게 되었다.

한 민족의 머리를 자르고,

수갑을 채우는 폭군으로 군림하게 되었구나.

너는 한 나라를 두 개로 분리시켰다

찢어지지 않는 종이,

심장 속에 불이 나도

타지 않는 종이.

아라즈는 졸지에 국경선이 되었다. 바람이 불고

물이 범람했다. 포효하듯 출렁였다.

바둑판무늬 나무 기둥들이

강 옆에 줄을 섰다.

강물, 이 세상에서 너만큼 순수하고 깨끗한 것이 있던가?

네 마음엔 얼룩이 없잖아.

네 마음은 왜 타지 않는 거지?

이 끔찍한 서명식 참사가 벌어져도

아라즈야, 너는 왜 눈을 부라리고

논밭과 들판들을 지나치면서도

아라즈 강둑에 갇혀 있으면서도

너의 강물은 마르지 않는 거니?

내가 아라즈 저편에 서서

'혈육'이라 외치니 너도 '혈육'이라 답을 하는구나.

시간아, 질문에 대답해,

왜 소식을 듣고도 아무 답을 안 하는지……

눈앞에 펼쳐지는 세상은 다시 복잡해졌다.

아픔을 다지고, 슬픔은 슬픔으로 지나간다.

아라즈를 지나가지 못한다.

아라즈는 슬픔이 되어 내 마음을 지나간다.
나무 기둥들은 땅이 아닌
퓌줄리 고전 시가(詩歌)에 박혔다.
두 동강이 났다. 100년, 150년 전통
개라일르[10]도, 바야트[11]도, 무감[12]도, 쉬캐스태[13]도
나의 사랑도, 꿈도
희망도, 전통도
내 목숨도, 심장도 두 동강이 났다.
아라즈의 물줄기도 두 개로 나뉘었다.
나무 기둥이 박혔다!
나의 심장에도, 영혼에도, 나의 혀에도,
우리는 웃고, 울었다.
사즈 한 줄.
마음에서 마음으로 다리가 생긴다. 잠시
우리의 고통이 사즈로 연주된다.
새흐리야르[14]의 마음을 아프게 한 시들이
아라즈 강 위에 다리를 놓았다.
이쪽에서 저쪽이 보이지 않는다.

---

10) gərayli: 아제르바이잔의 7음절 시 형식.
11) bayatı: 아제르바이잔의 4음절 시 형식.
12) muğam: 아제르바이잔과 중앙아시아 지역에서 널리 퍼진 전통 음악 장르.
13) şikəstə: 아제르바이잔 전통 음악 장르로 무감보다 짧고, 리듬이 빠르다.
14) Mehemmedhuseyin Shehriyar(Məhəmmədhüseyn Şəhriyar, 1906~1988): 남부 아제르바이잔의 시인으로, 남북 아제르바이잔의 분단과 통일에 대한 시를 썼으며, 이별의 아픔을 노래했다.

마음이 혼란스럽다.

이 홍수를 기둥도, 강들도

막아내지 못했다. 이 땅은 하나뿐이다.

태브리즈[15]도, 바쿠[16]도

아제르바이잔 민족의 영혼과 언어를

종이 하나로 가르기가 어디 쉽겠는가.

'분리시켜. 종이 하나로 분리시켜, 분리시켜, 낮밤 없이

땅에 기둥을 박고

힘과 의지를 광장에서 보여줘.

천과 군대로 댐을 만들어……'

영토를 두 개로 분리시킬 수 있지만

영혼을, 육체를 두 동강 냈다고 생각하지는 말기를

한 민족의 슬픔과 아픔을 나누는 것은 쉽지 않다.

그쪽에서 이쪽으로 무스타파 파얀[17]은

바히드[18]의 가잘[19]들을 낭송하고 있다.

시간이 지나가면서

---

15) Tәbriz: 남부 아제르바이잔의 수도이며, 아제르바이잔의 문화적 중심 도시였으나 지금은 이란에 속하며, 이란에서 다섯번째로 큰 도시이다. 주로 아제르바이잔인들이 거주한다.

16) Bakı: 오늘날 아제르바이잔의 수도이다. 주변에 대규모 유전 지대가 있으며, '바쿠'는 '바람이 심하게 부는 곳'이라는 뜻이다

17) Mustafa Payan: 20세기에 활동한 남부 아제르바이잔 출신의 유명한 무감 장르 가수.

18) Vahid: 20세기에 활동한 아제르바이잔의 시인으로, 본명은 앨리아가 이스갠대로브(Әliağa İsgәndәrov, 1895~1965)이다. 아제르바이잔-소비에트 명예 예술가였던 그는 아제르바이잔 시 문학에 가잘을 재도입한 것으로 유명하다.

19) 가잘Qәzәl, Ghazal: 아랍 문화에 기원을 둔 고전적 형식의 서정시로, 아프가니스탄, 중앙아시아, 파키스탄, 인도, 터키, 아제르바이잔, 아랍 등지에서 낭송되고 있다.

시인들의 입술은 더 분주하다.

부르군[20]의 이별 노래들

새흐리야르도,

태브리즈에서 반응을 보였다.

헤이대르 바바[21]

하늘에 먹구름이 끼고

하루하루 나빠지고 있다.

우리는 지혜를 빼앗겼다.

우리는 인생을 잃어버렸다.

훨훨 날아오를 수만 있었다면

산봉우리에서 흘러내리는 홍수

저 멀리 우리 땅덩어리와 같이 울고

누가 이별을 시켰는지도 확인해봤을 것을.

이제 우리나라에 누가 죽고 누가 살아남았단 말인가.

---

20) Səməd Vurgun Vəkilov(1906~1956): 아제르바이잔의 시인.

21) Heydar baba: 아제르바이잔 태브리즈 근처에 있는 산 이름으로 새흐리야르의 시 제
목이기도 하다.

해방 İstiqlal

매햄매드 조흐래칸르[1])에게

1

필요를 느끼지 않았네. 어쩌다 벌어진 일이겠지.
배은망덕한 놈도 이젠 뜻을 이루려나.
애국지사[2])의 요청으로
시(詩) 「귈뤼스탄」의 후속편을 쓰노니.

40년 전에도 나는 글을 썼다.
그 이후 물은 많이도 흘렀다.
아라즈 강물이 흐르듯
마음의 희망도 흘렀다.

---

1) Məhəmməd Cöhrəqanlı: 원래 이름은 마흐무댈리 쵀흐래칸르Mahmudəli Çöhrəqanlı(1958~)이며 이란에 사는 아제르바이잔인 정치 활동가로 이란령 아제르바이잔인들의 해방을 위해 투쟁하다가 추방당했다. 현재 미국에서 아제르바이잔 민족 해방 운동가로 활동 중이다.

2) 이삭 오잔 오글루Ishaq Ozan Oğlu를 가리킨다. 아제르바이잔 낙치반드 출신으로 당시 민족의 앞날을 걱정한 지식인, 연극 연출가였으며, 와합자대에게 「귈뤼스탄」 후속편을 쓰라고 요청한 것으로 알려져 있다. 그 결과 이 시 「해방」이 발표되었다.

땅으로 떨어지지는 않았다. 바람들이 싣고 갔기에.
희망의 씨앗들이 강물로 떨어졌다.
숱한 이별 때문에 마음이 타들어갔다.
수백 년이 날아갔다.

"귈뤼스탄" 도대체 어디요, 어디인 거요
이토록 고함을 지르건만 귀라도 먹은 거요?
내가 그 시를 썼을 때는 샤[3]가 지배하던 시절이었지.
지금 이란은 완전 다른 세상이다.

이제 민족은 다른 금기와 마주하게 되었다.
벌레와 새들도 시험에 들었다.
방법이 바뀌었다. 예리한 칼날과
날아드는 목화로 머리를 잘라냈다.

세상은 흔들렸고, 물은 맑아졌다.
파괴된 한 시대가 거꾸로 돌았다.
시간은 명령을 내렸고, 판결이 내려졌다.
노예로 전락한 민족들이 드디어 들고일어났다.

노예들이 양심과 회환으로 무장한 채 총을 들었다.
안개 속에서도 서로를 구별할 수 있게 되었다.

---

3) şah: 지금의 이란이 페르시아 왕조 국가일 때의 왕을 칭하는 난어.

주인을 쫓아 보냈다.
아프리카의 노예 흑인이.

나의 외침과 고함이 하늘에 닿아 기둥을 만들었다.
하늘이 내린 복(福)도 운(運)을 비껴가는가.
알라께서 흑인에게도 복을 내리셨으니
내게는 언제 복을 주시려나?

너무 오랜 시간이 흘렀다.
한 나라가 두 나라가 되었다.
"귈뤼스탄"
이 악마의 종이와 펜은 무엇으로 만들었을까?

그 종이와 글, 우리를 장님으로 만드는구나
불타던 마음도 한 줌의 재가 되었다.
그날부터 "귈뤼스탄"은
우리 가슴에 박힌 가시로 남았다.

머리였던 우리도 이제 발이 되어 길을 닦는구나.
언젠가 우리를, 우리의 고통을 역사는 기억해줄까
한때는 왕이었건만 노예가 되고 만 우리들
이건 예정된 운명이었던가?

한 민족인 우리, 지금은 식민지가 된 두 나라

언어마저 동화되었다…… 너무한다.
어머니가 주셨던 사탕보다 달콤한 언어,
어머니가 가르쳐주셨던 그 언어는 이제 금지다.

식민지 개척자들도 잘 알고 있었다.
내게는 모국어가 있고 역사가 있다.
당신들이 진실의 얼굴 위에 색칠할 때만 해도
사실도 거짓도 분명했다.
10만 명 아르메니아인을 위한 학교가 있었을 때도
2천만 명이 넘는 튀르크인 학교는 만들어주지 않았다.

종교, 전통, 모두 같은 우리라 해도
법, 권력, 이 모두에서 당신들은 아예 우리를 지워버렸다.
당신이 믿는 종교는 원수를 소중히 보살피라 했는데
당신들은, 당신과 같은 종교를 믿는 우리를 원수로 여겼다.

한 단어 한 단어 사라져가는 우리 말
높은 자리에서는 금지된 언어
추방당한 언어, 오직 시골 마을들에만 생존하는 언어

인간이 되기 위해 아기는 말을 배우는데
금기(禁忌)는 우리에게서 언어도 빼앗아갔다.
언어가 있으면, 민족도 있고, 명예도 있다.
언어가 없으면, 민속노 없고, 진겡도 없다.

우리만의 고유 언어가 없으니, 우리는 누구인가?
우리 얼굴을 보면서
그들은 자존심을 건드릴 음모를 꾸몄다.[4)]

역사학자들, 그 비열한 인간들이
너희들과 우리 모두의 기둥을 만들었다.
민족의 원수,
제국의 기둥이다.

피르도브시[5)]는 튀르크인의 아들이라 튀르크인답게
애프라시얍,[6)]
알프 애르 퉁가[7)]에 대해 말했다.
뤼스탬[8)]을 전쟁으로 부른

---

4) 구소련에서는 아제르바이잔인이 원래 페르시아인이었는데 시간이 지나면서 페르시아인들이 가진 특징들을 잃어버리고 형성된 민족이라고 주장하면서 민족 정체성과 뿌리를 왜곡했다.

5) 앱뒬카슴 피르도브시(Əbdülqasım Firdovsi, 940~1020): 이란의 시인으로 30년 동안 세계적으로 유명한 페르시아의 대표 서사시 「샤흐나매Şahnamə」를 채록하기도 했다. 페르시아 신화, 전설, 민담, 역사를 담고 있는 「샤흐나매」는 왕서(王書)로 번역되곤 한다.

6) Əfrasiyab: 이란과 투란이 전쟁을 벌이던 시기 튀르크의 왕으로 「샤흐나매」의 주인공이다.

7) Alp Ər-Tunqa: 전설적인 튀르크의 왕으로, '알프Alp'는 영웅, '애르Ər'는 남자, '퉁가Tunqa'는 표범(맹수)이라는 뜻이다. 사카 튀르크인들의 카간('칸'이라고도 하며, '왕'이라는 뜻)이라고 언급되기도 하고, 이란의 「샤흐나매」의 주인공인 애프라시얍과 같은 사람이라고 전해지기도 한다.

8) Rustam, Rüstəm Zal: 「샤흐나매」의 남자 주인공, 영웅.

너희들의
훌륭한 카간은 페르시아인이었더냐?

뤼스템 잘이 이란 사람이면,
애프라시얍은 투란 사람이다.
그럼 튀르크인은 언제부터
페르시아인이 되었더냐?

튀르크인 샤들이
수백 년 동안 이란을 지배한 왕이 아니었던가?
나는 울부짖고 탄식한다.
내가 '페르시아인에게서 나왔다'니

튀르크인의 특성은 총명함과 의리
아무리 적이라도 등 뒤에서 칼을 꽂지는 않는다.
튀르크인과 튀르크어에 대한 이런 악감정은
그네들의 습관

흑이든 백이든
당신들의 조상들은 용감하게 창조되었다.
자기 권리는 물론 부당함을 당한 많은 사람들 권리도 보호해주었다.
나의 조상들은 불의와 용감하게 맞섰다.

배토는 우리 지신을 좋아하지 않았던 적두 묵론 있다.

무조건 누군가 닮아야 된다고 생각한 적도 있다.
우리 정원들은 말라가고 타들어가는데…… 우리가 만든 생각 호수는
남의 정원에 물을 주었다.

남의 눈치만 보면서
남의 집 등불이 되어주었다.
'여기요' 하면서
집주인을 손님으로 만들었다.

우리의 그 위대한 스승들은
세기의 명작 「햄새」9)를 남의 언어로 집필하셨다.
우리의 문화유산은 남의 자산이 되었다.
할아버지는 집에서
기념물들을 만드시며 말씀하셨다.
노동은 우리 일이지만
우리는 남 좋은 일만 해줬다.
우리 뇌에서 나왔건만 다 남의 작품이 되어버렸다.

나디르 왕10)도, 카자르 왕11)도 많은 나라들을 지배했다

---

9) "Xəmsə": 아제르바이잔의 유명한 중세 시인 니자미 갠재위(Nizami Gəncəvi, 1141~1209)의 서사시로 모두 다섯 편으로 구성되었다. 페르시아어로 쓰였기 때문에 이란인들은 이란 문학으로 분류하기도 하지만, 엄연히 아제르바이잔 문학 작품이며, 튀르크 국가들의 시와 예술에 큰 영향을 미쳤다.

10) 나디르 샤 애프샤르(Nadir şah Əfşar, 1688~1747): 튀르크 부족인 애프샤르에 속하는 아제르바이잔-튀르크인이면서 위대한 전사, 정치가. 사파비 제국의 왕이기도 했다.

고향이 발전하는 것이 아니라, 왕권만 강화되었다.
모국을 발밑으로 떨어뜨리고
우리 왕의 승리는 결국 남의 역사가 되었다.

우리 스스로 우리 눈 밖에 났고.
우리는 불씨는 어디 두고 재만 가지고 놀았다.
우리가 만든 빛은 모두 다른 나라를 빛내주었다.
우리의 태양이건만 아침은 남의 것이 되었다.

세상이 우리 자원에 눈독을 들인 건
우리 재산과 나라가 그들에게 필요했기 때문
우리 할아버지는 땅을 갈고, 일구셨건만
고생은 우리 몫, 열매는 남의 몫

이 땅은 우리에게 가슴을 펼쳤다.
전 세계를 장식한 것은 우리 자신의 알몸,
말 경주에서 우승해도
용맹함은 우리 것, 상(賞)은 남의 것.
금(金)은 우리 것, 금 벨트는 남의 것.

시간과 도전
때로는 우리 자신에게 도전을 했다.

---

11) 아가 매햄매드 샤 카자르(Ağa Məhəmməd şah Qacar, 1742-1797): 이란의 터르크인 왕.

적을 과감하게 완파했어도
우리 자신의 적은 우리였다.

시간의 바람이 어디서 불었나?
지고 또 지고, 결국 우리는 사라져버렸으니
시간의 흐름 속 어느새
우리는 두 통치자의 노예가 되어버렸다.
깨어나라, 통치자여, 이 세상은 돌고 있다.
진실을 보고 있는 알라를 두려워하라.
역사적인 진실을 부정하지 말라.
너희들의 빵은 무릎 위에 놓여 있다.
역사를 자신의 의지대로 주물렀던 위인들을
어떻게 오늘 무릎 꿇게 했단 말인가?

새디[12]의 예절 교육
당신들은 타자(他者)를 좋아하지 않았다.
위대한 종교, 아랍에서 물려받은 종교
당신들은 아랍인을 '메뚜기 먹는 사람들'이라고 불렀다.

---

12) 새디 쉬라지(Sədi Şirazi, 1210~1291/92): 중세 이란의 명예 시인.

2

북쪽에서 먼저 봉기가 일어났다.
언덕과 산이 서로 얼굴을 맞대고[13]
민족 마음속에서 자라온 증오심은
죽어라 그 산을 쪼아댔다.

민족의 분노는 통치자를 돌게 만들어
탱크 밑에 우리 민족을 깔고 지나갔다.
산의 자부심은 이것을 참을 수가 없었다.
언덕 밑에서 일어난 참사
민족은 민족이 되어야 한다.
욕망, 의도,
신앙, 의지 함께 모아
스스로에 대한 믿음으로
주권과 권리를 지켜야 한다.
순국선열들의 깨달음은
이 땅을 피로 물들였다.

내 마음속 시위 소리가

---

13) 1990년 1월 20일에 자행된 이른바 '검은 1월(Qara Yanvar)'로 불리는 학살 사건을 말한
   다. 무장한 러시아 군대가 아제르바이잔 바쿠의 민간인을 학살한 사건으로, 140여 명이
   사망하고, 수천 명이 부상을 당하거나 실종되었으나, 정확한 실태 조사는 이루어지지
   않았다.

'순국선열들'의 참사를 써 내려간다.
소원만으로는 단 한 송이의 꽃도 피우지 못한다.
오늘에서 내일로 연결하는 다리가 없다면
자유의 나무도 열매를 맺지 못한다.
순국선열들의 피가 없다면……
그날 토요일 밤에는 아침이 늦어졌다.
그날 시간은 오른쪽과 왼쪽 방향을 잃어버린 채 흘렀다.
인생 길, 순국선열들이
피로 뒤범벅된 밤 천 년 길을 지나갔다.

그 토요일 밤, 모두 죽었다가 다시 살아났다.
명예라는 모자는 우리 머리 위에서 떨어졌다.
학살이 있던 그날 밤,
천 년 이어진 우리 민족의
찬란한 역사가 두 동강이 났다.

살인자가 총탄으로 희생될 때
내일을 내려다봤다.
피로 얼룩진 삼색기가
고국의 창공으로 띄워졌다.

그 토요일, 학살이 있던 날
독립에 대한 불가능은 가능으로 바뀌었다.
민족의 마음속에 잠자고 있던 겁의 근원

그날 부서졌다. 순국선열들 덕이다.

3

"귈뤼스탄"은 40년 전에 만들어졌다.
순교의 결과이다.
"귈뤼스탄"은 기본적인 자유를 가져다주지 않는다.
이것을 알아야 한다.
자유를 쟁취해야 한다. 가장 올바른 길은 이것뿐이다.
"귈뤼스탄"에서 '순국선열들'까지 지나간 이 길은
너무 긴 길[14]이었다.
돌다리-후다페린[15]
쓸데없는 돌다리
아무도 그 위를 건너지 않았다······
깊은 그리움에 마음속에 못이 박혔다.
우리에게 무슨 일이 생겼단 말인가.
이 아픔을 무덤으로까지 가져가란 말인가?
이 모든 참사들, 사건들
그 "귈뤼스탄"에서 싹텄다.

---

14) 아제르바이잔 독립 이후 외교부장관을 지낸 작가인 해샌 해새노브(H. Həsənov)의 저
　　서 『독립İstiqlal』의 서문에 등장하는 구절. 이 책은 아제르바이잔의 자위와 독립에 대
　　해 다룬 책이다.
15) Xudaferin: 아라즈 강에 있는 다리로, 아제르바이잔과 이란의 국경에 걸쳐 있나.

북쪽에서 먼저 자리를 잡더니
폭력이 기본이라 정당화할 수 있었다.
우리는 보았다. 이 세상에서 우리 말고는
이별했던 사람들이 모두 통일에 성공했다.

하나였던 우리가, 지금은 둘이다.
당연히 우리에겐 서로에 대한 그리움이 있다.
우리는 오늘도 우리의 꿈으로
그리움 위로 다리를 놓았다.
이에 감사하며 "신뢰"를 말했다.
우리는 끊임없이 하늘에 도움을 요청했다.
드디어 기회가 왔고, 그 다리를 건너고자 했다.
꿈속에서 보던 다리, 돌다리

돌다리—돌 후다페린!
쓸데없는 돌 무리가 되었구나.
아무도 그 위를 건너지 못했다.
분단 민족 가슴속에 대못으로 박혔구나.

우리는 서로 멀리서 '오라고' 말하지만
하나님은 우리를 외면하신 건가.
건너가보지도 못한 다리는
슬프게도 풀만 무성하네.

2세기가 지나도 그 돌다리
나는 이쪽, 너는 저쪽.
돌들은 매일매일 조각나 뒹굴어도
국경(國境)인지 알지 못한 다리
우리 마음을 나누는 바로 그 다리.

점령자여, 영원할 줄 알았더냐
머리맡에 우뚝 솟은 산맥
모조리 흩어진다 해도
꼿꼿하게 솟은
이 산(山) 저 산(山)

이 산은 나이다, 저 산은 너이다.
산들은 수세기 동안 홍수를 견뎠다.
홍수가 공격해도 견뎌낸 산들인데
더 이상 무엇을 바란단 말인가.

오늘 우리 운명이 슬픔과 아픔이니
하나였던 어제를 어찌 잊을 텐가.
강물 속 바닥은 하나일 터
어찌 이쪽저쪽을 나눌 텐가.

몇 년 전으로 돌아가자

소원들이 피어났다. '나는 있다'고 외친다.
이 커다란 소원의 공격에
국경 기둥들이 견디지 못했다.[16]

이쪽저쪽 신음 소리
이 민족은 한 번 더 자기 자신을 믿었다.
철조망들을 이빨로 부러뜨려
손목에 감쌌다.

아라즈는 자기 갈 길로 흘러가고 있다가
그날 그리움의 벽을 넘었다.
형제들은 철조망을 끊고
강 중간에서 만나 서로 안아주었다.
슬픔을 막고 그날은 기쁨으로
사람들은 엉엉 울어댔다.
형제들은 그날 마음껏 울었는데
러시아와 이란 군인들도 화들짝 놀랐다.
다음 날 아침 아라즈 강에
가시철조망이 더 세워졌기 때문이다.

통일은 단 하루
단 하루의 기쁨, 좋아서 어쩔 줄을 몰랐건만.

---

16) 1989년 북아제르바이잔 튀르크인들이 철조망을 넘어 남아제르바이잔(현재 이란 영토)
쪽으로 건너간 것을 의미한다.

피를 나눈 형제는 정작 분리되고
러시아-이란 군인은 형제가 되었단다.

배흐티야르[17]는 그날을 보았다.
정의가 모든 역경과 난관을 물리치길 바랐다.
새흐리야르 스승님도 말씀하셨다.
그날을 봤으니
미래에는 빛이 있다고, 영혼이 기뻐하는 그날이 올 거라고……

몇 년 전 바로 여기서 했던
스승님과의 전화통화가 떠올랐다.
스승님도 나도 서로에게 '오라'고만 했다.
악수 한 번 못 한 채 우린 목소리로만 만났다.
나한테 물으셨다. "몇 살인가?"
나이를 듣고 말씀하셨다. "브라보, 박수!"
나는 물었다. "박수는 왜요? 새흐리야르 스승님?"
그분의 답이었다. "너는 나와 비교하면 아직 젊구나.
나는 소원의 싹도 틔우지 못한 채 나이가 들었으니
너는 통일이 되는 날을 반드시 보아라."
그날의 달콤함을 우리는 잊을 수가 없다.
나는 통일된 그날을 단 하루만 살아봤다.
우리 머리 위에는 여전히

---

17) 이 시집의 작가인 와합자대.

한쪽엔 두빈카,[18)]

다른 한쪽엔 샬락[19)]이 춤추고 있다.

우리는 손에 쥐고 있던 기회를 바람에 넘겨주고 말았다.

이제는 하나님이 언제 다시 기회를 주실지

누가 알겠는가.

우리는 역사에서 몇 번이나 패하고 말았다. 도대체 왜지?

우리는 왜 정상에서 밀려 떨어지고 말았는가?

인내심 부족, 무계획

우리는 이성을 믿지 않고 느낌만을 믿었다.

새타르 한,[20)] 바그르칸, 피섀웨리[21)]

우리를 위해 그분들 영혼은 살아 있다. 생시보다 더 강렬하게.

그분들은 영웅이다. 영웅이라 해도

무엇을 할 수 있단 말인가.

먼 길을 보지 못하면, 용맹함만으로는

소원도 꿈길도 열리지 않는다.

그들은 얼마나 먼 길인지, 끝이 어디인지 측정하지 않았다.

---

18) дуби́нка: 러시아어 경찰들이 쓰던 곤봉을 가리킨다.

19) şallağ: 페르시아인들이 휘두르던 채찍을 말한다.

20) Səttar Xan(1868~1914): 이란 샤 정권에 대항해 싸웠던 튀르크의 민족 영웅.

21) Seyid Cəfər Pişəvəri(1892~1947): 남부 아제르바이잔의 민족 운동가. 1945년 남부 아제르바이잔이 독립했을 당시 총리를 지냈다. 아제르바이잔 민족 정부는 단 1년 만에 붕괴했다.

해결법을 찾지 못해 헛고생만 했다.
방법만 제대로 찾았더라도
소원의 꽃들을 땄을 텐데.

40년 동안 독일인은 독일인을 그리워했다.
기회를, 시간을 지켜보았다.
그들은 꿈을 키우고
시간의 어깨에 날개를 달았다.

생각해본다. 우리의 아픔은 해마다 커진다.

시간의 흐름을 멈출 수도 없다.
당신들은 말한다. "이제 시대가 다르고, 그 시간에만 머물 수는 없다."
우리는 소원을 시(詩)로 지어 노래했다.

북쪽에 있는 나라는 독립했다.
이것은 우리 민족이 70년이나 기다렸던 일이다.
해방도
우리를 하나로 만들 수 없단 말인가.

해방을 얻었는데도 충분히 기뻐할 수가 없구나.
새로운 불행들, 용감히 맞서 싸워야 한다.
해방은 우리 민족을 기쁘게 하지 않았다
해방을 맞이하고 국토를 잃였나.

갈기갈기 찢긴 우리 민족
욕망, 이기심
그렇게도 싸우더니 결국 분리되었구나
한 민족이 두 지역으로 나뉘었다.

그토록 고대하고 고대했는데
고국의 아픔은 무시당했다.
권력이 무엇인지 한 명은 아그담[22]을
한 명은 슈샤[23]를 바쳤다.

이 모두 사실이다, 불쌍한 놈.
네 심장은 왜 살아서 뛰는 게냐?
고국의 아픔을 팔아
권력욕에 눈이 멀었구나.

4

이슬람 국기 밑으로 다른 사람이 모였다.
다들 생각했다, 이제는 세상이 바뀌었다고.
주인을 잃은 꽃들은 시들고 창백했다.

---

22) Ağdam(Agdam): 국제법상 아제르바이잔의 영토이다.
23) Şuşa: 국제법상 아제르바이잔의 영토이다.

망가진 마음

꿈을 품은 꽃들……

그날 나라는 공포(公布)했다.

사람들은 서로서로 기쁜 소식을 전했다.

우리의 쇠흐랍 타히르,[24] 발라쉬,[25] 매디내[26]

모두 명절 새옷을 꺼내 입었다.

이맘[27]은 다음 날

'이슬람공화국'을 만들었다고 했다.

완전 좋구나, 공화국에 대한 비판도, 할 말도 없다.

우리가 원하는 게 바로 이것 아닌가?

왕국, 왕의 나라에서

백 년의 꿈이 '현실이 되어버렸다.'

튀르크인이 모국어로, 튀르크인의 사투리로

---

24) Söhrab Tahir(1926~2016): 남부 아제르바이잔 출신 시인으로, 1946년 아제르바이잔 민족 정부 붕괴 이후 아제르바이잔으로 이주해 아제르바이잔 민족 해방에 대한 작품을 쓰면서 시인으로 활동했다.

25) Balaş Azəroğlu(1921~2011): 남부 아제르바이잔 출신 민족 시인으로, 1946년 아제르바이잔 민족 정부 붕괴 이후 아제르바이잔으로 이주해 시인으로 작품 활동을 했다.

26) Mədinə Gülgün(1926-1991): 바쿠에서 태어나 1938년 남부 아제르바이잔으로 이주해 태브리즈에 살면서 민족 문화 말살을 목격하고 민족정신을 회복하기 위한 작품 활동을 전개한 여성 시인. 발라쉬와 결혼해 아제르바이잔으로 이주했다.

27) imam: 이슬람교에는 성직자 제도가 없기 때문에 이맘은 대체로 '이슬람 공동체 지도자' 정도로 해석된다. 다만, 수니파와 시아파는 이맘에 대한 해석도 달리한다. 수니파에서 '이맘'은 예배를 집도하는 사람으로, 코란을 잘 알고 공동체의 존경을 받는 사람이라면 누구나 할 수 있다. 이에 비해 시아파에서는 이맘의 권위가 상당하다. 시아파의 이맘은 4대 칼리프인 알리로부터 권위와 권능을 부여받아 '신의 빛'을 전하는 영적 중개자로 받아들여진다.

연달아서 신문, 잡지를 출판한다.
그다음은 어떻게 되었지? 시간이 얼마 지나지 않아
색깔은 빛이 바래고, 얼굴들은 회색이 되어버렸다.
약속은 어디 가고 공허한 언어만 남았다.
독재자는 웃고, 권리는 울고 있다.
왕국에서 일어난 쿠데타, 색깔만 변하고
예전 압제는 다른 모습으로 살아 있다.

이름을 바꾸고, 약속을 어기고
같은 압제, 같은 지배
고리에 고기를 끼워 유혹하는데
불쌍한 민족은 그 유혹의 덫을 보지 못했다.

압제는 종교도, 언어도, 조국도 상관하지 않았다.
이슬람의 이름으로 무지를 잠재웠다.
진보적 지식인들은 나라를 떠났다,
무식한 사람들이 꾸며낸 이야기에 더 이상은 견딜 수가 없었다.
생각하는 머리들은 쫓겨나갔다.
페르시아인도, 쿠르드인도, 튀르크인도
한 사람도 바른 말을 하러 나서지 않았다.
나는 무식한 사람이 아니다.

말해보아라. 도대체
악마를 쫓아내는 이슬람은 어디에 있단 말인가.

고국을 떠난 그들은
그 불쌍한 사람들은 이슬람이 아니란 말인가.
이슬람교에서 말하는 인간성에 대해
당신은 저 높은 미너렛[28]에서 기나긴 설교를 했지.
자기 고향에서 쫓겨나는 저 사람들은 인간이 아니고 뭐란 말인가.

메아리 같은 말들이 소리쳤다.
이슬람은 우리의 기둥인데
이슬람을 믿는다는 사람들은 왜 우리를 도와주지 않고
아르메니아의 기둥이 되었는가.

진실을 알면서도 침묵하는 당신
당신의 증거는 가짜이고, 논거는 쓸모없다.
아르메니아인들이여, 더 이상 점령하지 마시오.
큰일을 겪을 테니.

이 자리에서 당신들 허리가 부러질까 걱정되는군.
'이슬람국'이라 했겠다.
종교 형님에게 한번 물어보시지?
이슬람공화국의 존중과 경외심이 이것이란 말이냐.

---

28) minarət: 이슬람에서는 하루에 다섯 번 기도를 드리는 것이 의무이다. 기도 시간을 알리기 위해 이슬람 사원 첨탑에 올라가 큰 소리로 기도하는데, 이 첨탑을 '미너렛'이라고 한다.

당신은 문제의 근원을 알고 있소?

당신에게 선민의식은 종교보다 우선이오.

이슬람도 쯧쯧, 종교 형님도 "쯧쯧"

종교로 맺은 친척 관계는 다 어디로 가고

당신들은 어찌하여 아르메니아의 기둥이 되었는가.

조상들로 얽힌 혈연관계도

보석 같은 종교도 무식해서

깨닫지 못하는 사람들이 있었지.

광장으로 나오면서, 종교에 매달리고

종교를 주머니의 이익이라고 생각하는 사람들.

그들은 매년 꾸준히 카바[29] 신전으로 갔지만

순례가 아니라 무역 때문이었다.

권리의 길은 어디 있단 말인가?

이 방문 길은

'순례자'라는 이름의 상인을 만들어버렸다.

그들은 말했다. 문제를 해결하려면

이제는 '이슬람 정당'이 필요해.

그런데 아무도 물어보지 않았다.

"아이고 형님들, 종교는 어디 있어요? 정치는 뭐예요?"

"정당은 뭐하는 거예요?"

---

29) Ka 'bah: 메카에 있는 이슬람교의 성전으로 전 세계의 이슬람교도들은 카바를 향해 예배를 드린다.

도저히 모르겠다.

정당과 액자, 새장! 이게 다 어떻게 다른 건지.

그렇게 위대하고 큰 이슬람이

동물 우리 같은 곳에 들어가 갇힐 수가 있다니.

종교 때문에 우리의 영혼은 하늘나라로 간단다.

하늘의 크기를 재는 것은 불가능하다 해도

그 커다란 정교와 이슬람이 하나의 새장에 들어갈 수 있단 말인가.

세계의 반이 들어갈 수가 있단 말인가.

5

동이 트고 있다. 보고 있는가. 보이지 않는가.

바로 그 시간, 바로 그 찰나

텅 빈 소원, 달콤한 꿈?

타버린 장작 잿더미에서 다시 살아나는가.

세계를 뒤흔들던 늙은 러시아

하루 만에 동강났다.

가슴에 못이 박힌 민족

어느 날 산도 무너져 내리고, 뿌리도 흔들리듯

그렇게 철조망도 부수는 민족 될까

어느 해는 빠르게, 어느 해는 천천히, 그렇게

시간의 흐름 속에 국토는 피로 물들었다.
이제 그 시간이 다가왔다, 말 한마디가 전 세계를 열 것이다.
우리는 알고 있지 슬픔과 절규가 어떤 의미가 있는지
철조망은 녹지 않고 국경은 무너지지 않는다.

폭력은 스스로 적을 만들어낸다.
저절로 돌아가는 바퀴를 보라.
물이 흐르는 걸 의심하지 않는다.
그렇게 졸졸 물은 흘러왔다.

기억해야 한다.
세계 5대륙 지도의 색깔이 변한 오늘
우리도 아제르바이잔의
남-북 분단의 지도를 보아야 한다.

버려진 것들Atılmışlar

어머니를 추억하며

I. 아기

1

문득 떠오른 생각
망설임 끝에
생각 하나를 천 가지 생각 보자기에서 골라낸다.
아기를 침착하게 꽁꽁 싸매서
요람 안에 넣더니
품에 안고 일어나는 한 여인……

희망을 떠나보내며 애도의 눈물을 흘린 그녀
편한 길을 버리고, 험난한 인생을 친구 삼은 그녀
사랑 바다에 버려진 그녀
이제, 자신의 아기마저 버리고 싶어진 그녀

그러나…… 망설이고 또 망설인다

아기를 힘없이 침대에 다시 내려놓았다.
젖을 짜서 젖병에 담고
인공 젖꼭지와 함께 포대기에 싼다.

일어나려다 또 한 번 망설이며
한 번 더 생각해본다.
마지막 젖병까지 쌌는데
이런 것이 모정인가…… 무릎까지 떨려왔다.

—뭐지?
몸 안에서 불이 타고 있는 것 같다.
마지막 빚을 갚기라도 하듯이
아기에게 모유를 몇 모금 먹였다.

—부모 자식이란 게 이런 건가?
고작 일주일 보살폈는데
내 인생길도 자식 때문에 벼랑 끝
한쪽에는 나의 꿈, 한쪽에는 나 자신.

먼 시골에서 도시로 왔다.
이 도시에서 공부도 하고, 직업을 얻었다.
사랑 과목은 낙제
이 아기는 '낙제한 성적표'가 되었다.

이 아기는 가문의 명예를 더럽히는 흠집
나의 고민은 다른 고민들과 달라.
아버지 이름을 드높였어야 하는데
나는 아버지 이름에 흠집을 남겼다.

나의 순결은 짓밟혔다. 이 불쌍한 고아 탓이다.
내 인생에 무슨 일들이 펼쳐질 것인가?
어떻게 해야 하나? 어머님과 아버님 외에
누구한테 부탁하고 애원할 수 있단 말인가?

눈물은 마음속으로 흘려라
그 누구에게도 머리를 숙이면 안 된다
어머니도, 아버지도, 형제도
아무도 알면 안 된다. 감쪽같이 모르게 해야 해!

아기를 한번 안아주고 훌쩍 그 자리를 떠난 그녀……
두 발자국도 움직이지 않았는데,
마음속으로 외침이 들리기 시작했다.
발걸음 소리를 그녀는
문을 노크하는 소리라고 착각했다……
"꼭 올 거죠?
우린 사랑했잖아요.
나에게 수많은 희망을 주면서 약속한 미래는 어디로 가고,
마지막이 이민 긴가요?

사랑의 끝이란 게 이런 건가요?"
사랑을 부인하고,
운명을 피해 도망친 사람
그 사랑의 이름은 고통.
그 가치를 찾아 기쁨을 부여하리라.
나는 고통 받지 않았다.
무겁다, 정말 무겁구나.
손이 부러질 정도로 무거운 이 아기는
나 혼자만의 업(業)인가?
내 인생길 위에 덩그마니 남겨진 아기.

남들이 나의 고통을 모르도록 해야 한다.
내 마음속 고통을 먹어치운다.
울고 있어요, 소리는 안 나요

신음 소리도, 울음소리도 없다.
메아리만 답을 할 뿐
아기는 선물이 아니라,
죄악이다.

봄인 줄 알았는데 봄은 오지 않았다.
시간보다 일찍 핀 꽃은 근심의 꽃
불법으로 생긴 어머니라는 이름
불법……

나의 순수한 이 사랑과 느낌을
죄라고 해야 한단 말인가.
이제 어떻게 해야 하나. 나의 부끄러움을
행복에 포장할 수 있을까.

이 비밀을 감출 수는 있을까.
가능해!
심장 근처에 벽을 세워야 해.
비운의 아기가 살아남기 위해
나의 이름을 죽여야 한다!

어머니의 느낌은 슬픈 방에서
집을 만들고, 자리를 잡았다.
남의 품이라도
내 아기는 행복을 찾을 거야.
명예와 절개가 도대체 뭐란 말인가?
명예도, 절개도, 어디에서 시작해서 어디서 끝난단 말인가?
이 세상에 불법으로 태어난 아기는
살 권리도 없단 말인가?

샘물이 더렵혀졌다고
재를 뿌려야만 한단 말인가?
아버지, 어머니의 죄 때문에
자식이 벌을 받아야 한다니.

뭔가 이건? 이 대단한 모순은.
뭐란 말인가.
합법과 불법의
모순적 경계는……

 2

도시로 온 지 일 년도 채 되지 않아
사랑이라는 유혹에 빠졌다……
그를 믿었고,
    사랑했고,
        버림받았다.
창창했던 내 인생길이 왜 이리 막혀버린 걸까,
타서 재를 남겨보지도 못한 채 불장난에 상처만 남긴 이별.

실수……
다들 자기 이익에만 빠져 있는데,
나는 기쁨도 슬픔도 구별하지 못했다.
옳음은 옳음을, 악은 악을 가져온다는데
또다시 실수할까 걱정이다.
때로는 한순간 실수 때문에
인생 전부가 사라진다!
세상에 넘어지지 않는 사람이 있을까?

나 혼자만 이런 거란 말인가.

—이런 고통을 겪는 사람이 저 혼자인가요……?

……잘못을 하고도 고통 받지 않는 사람

두번째 실수라는 함정에 빠지지 않도록

이제 무엇을 해야 하나?

살면서

단 한 번의 실수로 이렇게 재가 되어 산화해야 한단 말인가?

이제 산화되어 날아가는 것은 못 하겠다.

그렇다면 무엇을 해야 하나? 스무 살 봄에

내가 들어갈 관을 내 손으로 짜란 말인가?

아니다! 그렇게는 못 한다!

물이 범람하고, 홍수가 나고

울퉁불퉁 가시밭길을 걷는다 해도.

내 고통을 과장한다고?

살아야 한다!

사람답게 사는 것은

누군가에게는 쉽고 누군가에게는 힘들다.

세상은 풍요로운 상차림

슬픔을 겪는 사람들에게는 슬픔이 모자라지 않고

쾌락을 추구하는 사람에게는 쾌락이 남지 않는다.

"평생 울어야만 하나요?

왜 나한테는 이 세상 슬픔만이 남은 거지?

잔치는 다 끝났단 말인가?
슬픔, 슬픔 잔치는 나한테만 준 건가?"

"아냐! 이제 충분해, 충분해!"
그녀는 고개를 흔들며
그렇게 그리움의 눈길로 아기를 바라보았다.
뚝뚝 눈물이 허리까지 떨어졌다.
눈물은 고통이고 슬픔이라고 그녀는 생각했다.
어디로 가는지 아무 생각 없이
그렇게 터벅터벅 한 발 한 발 걷는다.
'아냐! 이제 충분해, 충분해!'
외치면서 그녀는 보았다.
갈망하듯 바라보았다.
아기 옷 위로 뚝뚝 눈물만이 떨어진다.
고통, 고민, 슬픔으로 뒤범벅된 눈물
어디로 가는지 아무 생각 없이
그녀는 정처 없이 걷고 있다. 그냥 어디론가 가고 있다……

바람이 휘어 감고
눈발이 흩날린다.
그녀는 문득 걸음을 멈추었다.
길을 잃었나?
마지막 목적지인가?

그녀는 알고 있다……
지금 가고 있는 이 길이 아니라는 것을.
인생길을 잃어버렸다…… 도무지 모르겠다……
그녀는 고개를 숙여
따뜻한 숨으로 요람 안의 아이를 덮혀준다.
마지막으로 빚을 갚으려는 행위 같다.
이윽고 어떤 집 마당에 도착한 그녀……
망설이다
문득 멈추어 섰다.
그녀는 떨면서
오른쪽, 왼쪽 사방을 둘러보았다.
마당으로 난 길이 눈에 들어왔다.
입구에 들어서자……
대리석 계단들이
돌로 만든 얼굴처럼 보였다.
요람에는 눈길 한 번 주지 않은 그녀가
조용히 위층으로 올라가더니
마침내 아기를 마당 한가운데에 내려놓고
계단을 내려왔다.
혼자 내려온 것이다!

내려왔나?
정말 혼자 내려왔단 말인가?
집사기 아기는 어머니와이 이별을 감지라도 한 것처럼

악을 쓰기 시작했다.

마치 땅에서 불이 난 것 같더니

그 불기둥이 어머니를 덮쳤다……

그녀는 그 자리에 얼어붙은 듯 서 있었다.

아기 위로 번개가 쳤다.

여인은 돌아가고 싶은 마음 간절했지만……

그래도 도망쳤다.

아기 울음소리에서 멀어지고 또 멀어졌다.

그녀의 입술에 "생명"이란 단어가 맴돌고

귀에는 아기 소리가 웅웅거렸다.

발걸음 소리가 들리는 것 같았다……

그녀는 뒤돌아보지 않았다.

뛰고 또 뛰었다. 기억 한순간 한순간을 떠나보냈다……

이번 탈출로

행복의 문이 열릴 것이라 믿었다.

오늘에서 빠져나와 내일로 도망쳤다.

자기 자신에서 도망치고

어머니라는 굴레에서 도망쳤다.

죄의식에서 도망치고

마음속 경계를 넘어섰다.

다른 사람들 눈앞에 순결하고

결백하게 서기 위한 흠집으로부터의 탈출이다.

더 이상 마음속 내면의 소리가 들리지 않는다……

마음속 저항 소리가 없어졌다고 그녀는 믿었다.

남들 앞에서 결백해 보이는 게 무엇인지

아직 그녀는 알지도 못하면서, 이걸 흠집이라 한다.

그녀는 도망치고 있다.

그러나 모르고 있다. 어디로 도망치고 있는 건지.

흠집을 피해 도망가는데 더 큰 흠집 속으로 들어간다는 것도 알지

못했다.

사람은 두 개의 인생을 산다.

자기 아기를 버리면서 그녀는

이름에 묻어 있는 얼룩도 버린 줄 알았다.

새로운 인생을 창조했고

이름도 깨끗하게 정화했다.

내일로 가기 위해 두 팔을, 날개를

아기가 꽁꽁 묶어 붙들고 있었다……

들고 있던 아기를 드디어

돌계단 위에 내려놓았고

이제 두 팔은 자유롭다.

인생길을 막고 있던

아기를 놓아 보냈다……

이제 이건 어떤 길인가?

이 길은 나를 어디로 데려갈 것인가?

이 길의 끝은 어디인가?

팔에 안겼던 아기도 이제 없다……

그런데 오히려
너무 가벼워진 팔이 무겁기만 하다.
아기 대신에 양심이
팔다리에 달라붙기라도 한 것일까.

3

그녀는 힘없이 목적지에 도착했다.
낡은 침대에 누워
눈을 감았다……
높은 곳에서
아기가 그녀를 바라보고 있다.
눈을 떠보았다……
창문 밖에서 들려오는
아기 울음소리가 방을 가득 메웠다.
방 안 모든 것이 악을 쓰는 것만 같았다.
창문을 열었다. 하늘도, 땅도 통곡했다.
책상 위 책들도
문들도, 창문
침대, 벽도
아기가 잠자던 침대도, 모두 모두 통곡했다.

귀를 꽉 막아보고 또 막아보았다.

어디서 들려오는 소리란 말인가, 밖에서 들려오는 소리 같다.

이건 그냥 소리가 아니다. 누군가의 통곡 소리이다.

아, 이건 심장에서, 마음속 깊은 곳에서 나오는 소리이다……

그녀는 벌컥벌컥 물을 들이켰다. 목에 막힌

분노를 삼킬 수 있다고 생각했다……

라디오를 틀었다.

그녀를 짓누르는 무거운

고통을 한순간이라도 잊고 싶었다……

"젊은 어머니들과의 대화, 조언

이것은 또 다른 감사, 또 하나의 업(業)"

그녀는 라디오를 끄고

일어났다……

대화 소리가 다시 들려왔다.

사방이

그녀의 길을 막고 있었다.

그녀도 모르는 어떤 존재가

문득 몸 안에서 그녀를 밀쳤다.

갑자기 무슨 일이 일어난 것일까?

방금 무슨 짓을 한 것인가?

아기를 두고 도망쳤던 이 길을 따라

당장이라도 다시 날아가고 싶었다.

그녀는 이제 뛰고 있었다.

아니 그녀는 뛰지 않았다, 터덜터덜 걸었을 뿐이다.

어머니 되기를 부정했던 그녀건만
이제 어머니가 되어 걸어온 길을 되돌아가고 있다.

그녀는 마음의 소리를 억눌렀다.
날아가듯 뛰고 있다.
좁다란 골목
아는 사람 없어요? 아는 사람 없어요? 아기를
둔 곳을 찾을 수 있을까요?

화살이 돌고 있다.
의지의 검정, 희망의 하양.
인간의 마음, 행복을
방금 잃어버렸다가 지금 찾는구나.

백 가지 색깔, 백 가지 소리는 희망을 주고 빼앗으며
한 시간 안에도 백 가지 다른 사람이 되게 한다.
시작했으니 끝을 기다리리라.
부정과 긍정도 결국은 하나인 것을.

늦은 밤……
길들은 벙어리, 귀가 먹었다.
진눈깨비 흩날리는 길들도 땀을 흘린다.
진눈깨비가 녹고 있다……

수치심에

길도 식은땀을 흘리는 듯했다.

그녀는 뛰었다. 바람같이 골목길을 돌았다.

그녀는 앞으로, 길은 뒤로 뛰었다.

마당에 도착하자…… 그녀는 눈을 감았다.

대리석 계단을 향해 몸을 던졌다.

아기를 둔 그곳…… 이미 아기는 없다!

그녀는 돌처럼 굳어버렸다.

팔에 힘이 풀려 툭

떨어졌다.

아기를 귀찮아했던 팔이

이제 아기를 찾는다.

팔들은 얼음같이 차갑기만 했다.

팔도, 몸도 타들어가고 있었다……

"이제 어떻게 해, 어떻게?" 그녀는 흐느꼈다.

대문을 하나씩 다 두들겨보려다 그녀는 순간 멈추었다……

뭔가 그녀의 깊은 마음속에서

별이 뜬 것만 같았다.

심장 깊숙이 비밀스러운 곳에서

누군가 기뻐하는 것도 같았다……

마음이 약간 가벼워졌다.

"후회하면서 돌아있는데 ……

운명이 이런 건지도 모르지.
어쩌면 더 잘된 일인지도 몰라"
그녀는 합리화하려 애썼다.
양심에 매달리면서 심장을 헤집던
무게감은 조금 줄어들었다.
사람은 자신을 속이면서 산다.
아마 이런 타협 없이 산다는 건 불가능할지도 모른다.

한 가지,
한 번 속인 사람은 백 번도 속인다.
두번째 죄도 짓게 마련이다,
처음 죄를 짓고 아무렇지 않다면.

        4

며칠이 흑백으로 지나갔다.
때로는 시무룩해하기도, 때로는 웃기도 했다.
그녀는 일부러 웃어도 보았다.
마음속에서 울면서 떼를 쓰는
아기 목소리를 지워버리기 위해……
불행히도 그 목소리는 하루하루 갈수록 강해졌다.
바다가 포효하는 소리, 물소리,
잎들의 속삭임, 바람 소리

그녀의 귀에는 모두 어머니를 찾는
갓난아기의 울음소리였다……
돌덩이 같은 내 마음, 물어보는 사람 하나 없다
모성을 어떻게 잘라냈는지.
그녀는 숨을 장소가 필요했다. 도망칠 공간이 필요했다.
멀리 가야 한다. 이 소리에서 먼 곳! 아니다!
그녀는 이 소리들에서 도망갈 수가 없었다.
식사를 할 때면 때로는 쓰려왔다
젖꼭지, 유두의 끝이.
"천륜을 거스르는 범죄야.
끔찍해." 그녀의 웃음 속에
마음은 신음하듯 울고 있었다.
빵을 먹어도
젖,
아기의 음식이 쓰려서 울고 있었다……

끔찍한 일이다. 진정 끔찍한 일이다.
이 고통을 누가 견딜 수 있을까?
이 얼마나 끔찍하고 잔인한지
양심이 이를 어떻게 조용히 견딜 수 있을까?

삶은 게임도 아니고, 게임기도 아니다.
불편한 진실이 사실이라 해도 어쩔 수가 없다.
사람은 흰 손으로 이마를 치고

다른 한 손으로 무릎을 때린다.

그녀도 무릎을 때리면서 울었다.

그녀는 앉으면서도 울고 일어나면서도 울었다.

"이제 아무런 희망이 없어." 그녀는 흐느꼈다.

머리카락을 고통이 잡아 벗겼고, 슬픔이 빗었다.

한숨을 내쉬다

무너진 마음은 연기가 되어 피어올랐다.

태풍과 폭풍에 당한 마음

슬픔 속에서 길을 잃었다.

무너진 마음 산이 되어,

벌들만이 산 구석구석에 꿀을 만드는구나.

어머니는 믿음과 기대로 산다.

하루하루 한 달 한 달 이런 식으로 지나간다.

길에서 만나는 아기마다

뚫어지게 살펴보았다.

그녀는 자신의 운명

이 아기 저 아기를 찾아 헤매었다.

아무한테도 비밀을 털어놓을 수가 없어

눈망울로만 하염없이 찾아 헤매었다.

원래부터 이렇다, 이런 법이다.

찾는 것은 어려운 일이나 잃는 것은 쉽다.

지금 그녀는 울고 있다······
무슨 소용이 있단 말인가
제 발에 걸려 사람이 운다 한들

아기는?
바람은 그의 운명에 뭐라고 썼는가?
아기는 고아원에 보내졌다.
어머니와 아버지가 있는 고아들
다행히 이렇게 보내진 것을 그녀는 몰랐다.

몰랐다······
그럼 끝은?
끔찍했다.

가슴 아픈 이 이야기를 돌덩이같이 차가운 사람들에게는 말하지 말
기를.
다행히 국가가
버려진 아기들을 돌봐준다.

IV. 고아원

1

둘째 아들은 어머니를 버렸다.
어머니의 말씀은 단 한마디였다. "고맙다"
운명의 장난, 무슨 말을 할 수 있을까.
양로원 생활.

그녀는 매주 일요일이면 시장으로 향했다.
어떤 때는 꽃을 사고, 어떤 때는 장난감을 샀다.
여전히 발길이 닿는 곳은 고아원.
그녀는 거기서 한 아이를 기다린다.

고아원. 다른 아기들과 다르게
주근깨가 있는 한 아이에게 왜인지 마음이 기운다.
아이를 보자마자 안아줬다.

그녀가 내뱉는 말. "너도, 나도 버려진 사람."
그녀가 고아원을 찾아간 그날부터, 일요일이면
고아원 분위기도 활기가 찼다.
모든 아기들은 할머니를 기다렸다.
주근깨가 가득한 아이,

사랑받지 못한 그 아이는
그날부터
일요일마다 할머니를 기다렸다.

고아원에서 작은 파티가 열린다.
아이들은 기쁘고, 신날 뿐.
마음에 슬픔이 가득한 어린아이들이
할머니 곁으로 모였다.

이 세계로 오는 그날부터
나쁜 일들만 경험한 아이들. 가엽게도.
언제나 혼자인 아이들
사랑 담긴 시선과 친절함을 기다리는 아이들
아이들은 습관처럼 모든 사람들과 거리를 두고, 겁을 낸다.
아이들의 마음은 유리보다 깨지기 쉽다.
장난과 비뚤어짐이 무엇인지도 모르는 아이들.
인간에 대한 믿음이 없이 공포에 질린 아이들의 시선.
아이들의 웃는 얼굴과 정겨운 애무는 좀처럼 보기 어렵다.
아, 돌보는 이 하나 없이 버려진 화원이 꽃을 피울 수 있을까?

아기가 장난을 쳐도 엄마가 돌봐준다.
돌봐주는 엄마 없는 아기들이 장난꾸러기가 될 수는 없는 일.
아이들은 수양엄마들한테 사랑을 기대하지만
사람들은 인내심도 없고, 마주알 기회도 없다.

엄마와 아빠가 무엇인지
아는 사람만이 아기를 사랑할 수 있다.

그 누구도 부모를 대신할 수는 없다.
고아원에서 일하는 사람들의 말도, 사랑도……
아이들의 마음들을 따뜻하게 할 수 없다.
엄마의 사랑을 대신할 수 있는 것이 있을까?
엄마의 사랑을 갈구하는 아기의 욕망
그 누가 인생에서 가장 강렬하게 사랑을 갈구하는 욕망이 아니라고
할 수 있나!
고아원 보모의 사랑과 돌봄은
의무일 뿐, 사랑이라고 할 수 없다.
아기들의 마음을 속일 수는 없는 일.
작은 실수도 상처를 줄 수 있다.
예민하고 섬세한 아이 마음은
진짜 사랑과 가짜 사랑을 구분한다.
고민과 슬픔도
아이와 함께 매년 자란다.
보모는 훈육을 원할 뿐
진정한 사랑을 주기란 어려운 일이다.

장난꾸러기 아이의 장난도
수양엄마 눈에는 잘못이다.
엄마의 질책, 아빠의 훈육

아이들이 갈구하는 것은 그런 사랑!

예민하고 민감한
고아들의 마음, 성격.
어머니의 품과 따뜻한 숨결을 그리워하는
아이들의 갈구!

이별로 인한 상처로 가득 차 있어
용기가 없다.
그렇다……
그들은 아기였지만
잃어버린 어린 시절이 그들의 것은 아니었다. 운명이었을 뿐.

아이들은 멀리 서 있다. 멀리서 지켜보기만 한다.
그리움을 담은 눈길, 깊은 시선
얼굴에 드리워진 그늘
고아라고 새겨진 낙인
아이의 마음을 속일 수는 없다.
아이를 다치게 하는 어른들의 착각일 뿐
아이의 마음은 섬세하다.
사랑이 진짜인지, 가짜인지 금방 알아본다.
사랑! 우리는 언제나 그것에 대해 이야기한다.
사랑 없이 사람은 아무것도 깨닫지 못한다. 느끼지도 못하지.
사랑을 받아본 적이 없는 사람이

다른 사람들에게 사랑을 줄 수 있을까?

우리 마음에 사랑 없이,
아기들에게 사랑받기란 어려운 일이다!
아이들에게 사랑받기를 기대한다면,
먼저 사랑을 주어야 한다!

고아원에 사람들이 찾아온다.
고아원에 불임 엄마들 찾아오는 날
아기들은 느낀다.
뭔가 혼란스러운 분위기.

그날은 제일 아꼈던 옷도 입고,
거울도 본다.
꾸미고……
잘 보이기 위해
아기들은 많은 노력을 한다.

아이들이 엄마들에게 다가오고……
그녀들과 눈을 맞춘다.
애원하는 눈길, 원망과 요구가 뒤섞인 시선.
아이들은 소리 지르지 않고 조용히
반복적으로
눈빛으로 소리를 친다. "내가 바로 당신 자식이에요!"

무겁고 끔찍한 광경!
떨리는 마음……
기대에 찬 눈길.
어머니를 찾는 순간
어머니 품을 그리워하는 아기들이.

그러나 희망과 기대감은 깨지고 만다.
선택받지 못한 아기들은 구석에서 몸을 움츠린다.
그 마음속 깊은 곳에서
너는 길을 잃을 수도 있겠구나.

     2

고아원에서 작은 파티가 열렸다.
아기들이 기쁘게 놀고 있다.
마음에 슬픔이 가득한 아기들이
할머니 곁에 모여 놀고 있다.
아기들이 놀고 있다. 쿵쾅거리며 뛰어놀고 있다.
할머니 마음이 꽃밭으로 바뀌었다.
할머니는 주근깨 아기를 품에 안고,
「즈르트단」¹⁾ 동화를 말해준다.
—"누가 잠들고 누가 깨어 있을꺼?"

아기가 말한다. "다들 잠자리에 들어간 지 오래예요. 즈르트단만 깨어 있어요.

즈르트단도 어머니가 없어요? 할머니? 그 애도 어머니가……"

—"글쎄, 너에게 뭐라고 해야 할까? 애야, 그거 알아? 즈르트단은 말이다……"

—"네, 즈르트단은요……"

—"즈르트단은……

영웅이란다. 초인간적인 거인도 다 무찌를 수 있어……

죽일 수 있어…… 겁을 내지 않는단다."

—"나도 커서 즈르트단과 친구가 될 거예요."

—"그러럼, 애야……"

시간이 지났다

그들은 많은 이야기를 나누면서 웃음꽃을 피웠다.

다시 이야기가 원점으로 돌아왔다.

—"그럼…… 할머니는 엄마가 없어요?"

—"내가 엄마인걸."

그녀는 갑자기 빙그르 돌더니

바닥에서 인형을 주워

소리쳤다.

—"애 어머니가 나란다.

아무에게도 애를 안 줄 거야!"

---

1) "Cırtdan": '즈르트단'이라는 이름의 꼬마 아이를 소재로 한 아제르바이잔의 옛날이야기. 너무 작아서 동네 아이들에게 따돌림당하던 아이가 어느 날 아이들과 함께 숲으로 놀러가서 맞닥뜨린 괴물을 꾀를 내서 물리친다는 이야기다.

―"음, 할머니 자식이면 그러세요.

아무도 안 빼앗아가요.

할머니는 집이 있어요?"

순간 그녀가 뭐라고 해야 하는지 망설였다.

―"있지!"

―"그럼, 나를 집으로 데리고 가줄 수 있어요?

왜 안 데리고 가요?

네? 말해보세요."

그녀는 아무 말도 하지 않았다.

침묵했다.

―"할머니,

우리가 할머니와 손자처럼 살 수는 없나요?

어머니와 닮은 예쁜 어떤 아줌마가

어제 아딜Adil을 데리고 갔어요."

그녀의 혀와 입술이 떨렸다.

―"할머니…… 아딜이 어머니를 찾았다구요……

나도……"

아이는 말을 삼켰다.

다시

침묵이 흘렀다.

벙어리처럼, 귀가 먹은 사람들처럼 서로를 빤히 응시할 뿐이었다.

그러다 문득 두 사람은 서로를 깊이 끌어안았다.

얘기는 끝났다.

무엇을 얘기하고, 무엇을 말하는지

뭔가 은밀한 느낌이 채워졌다가 비워졌다.

엄마에게 버려진 고아, 자식에게 버림받은 엄마.

이 느낌이 무엇인지 알지 못하는 그녀,

왜 이 감정의 노예가 된 것일까?

마음속에서 끝이 없이 피어오르는 희망들,

이 간절한 희망에 그녀는 고개가 숙여졌다.

상처받은 두 마음이 서로를 찾았다.

버려진 두 사람이 서로를 찾았다.

버려졌다! 이것은 사실이다.

―한 명은 시작하는 인생, 한 명은 마감하는 인생.

명예를 다칠까 봐

자식을 버렸던 그 불쌍한 여자

마음속에서 아파 울던

모성이 말문을 막았다……

시간이 흘러

그녀는 좋은 남자에게 시집을 갔다……

그녀는 아기를 잃고

잃었던 것들을 남편한테 되찾을 수 있다고 생각했다……

그런데 아니었다!

안 되었다!

소망에 매달렸다.

둘째 아기를 기다렸다……

첫째 자식을 버렸을 때

엄마 역할은 끝이 난 것 같았다.

온갖 보약도 효과가 없었다.

엄마가 되기를 그토록 원했건만 아이를 얻을 수 없었다.

거리에서

엄마 품에 안긴 아기를 볼 때마다

질투심이 일었다…… 갈망하는 눈길로 엄마를 쳐다볼 뿐

혼자만 들을 수 있는 내면의 외침을 들었다……

잃어버린 자식의 생일날이면

그녀는 검은 옷을 입고 애도했다.

한 줄기 기대감은 버리지 못했다.

아기를 찾기 위해

매일 고아원들을 다니기 시작했다.

―'아마 여기에 있겠지…… 내가 모를 뿐일 거야……

어느 아기지?

아마 이 아인가?…… 아냐, 안 닮았어……

어머, 이 아이의 눈과 눈썹이 나랑 닮았잖아……

아니, 아, 이 아이는 작다……

오늘로 일곱 살이 되잖아……'

사방을 둘러보아도

자기 자식을 알아낼 방법이 없었다.

어떻게 알 수 있단 말인가

옆에 있는 그 주근깨 아이가 자기 자식이라는 것을.

마무리하는 말

법원을 만들어야 해!
버려진 사람들
눈에서 멀리 있는 그 장소들!
양심들이 그날 판사의
오른쪽과 왼쪽에 앉고

법원을 만들고, 명령을 내려야 해.
사람들이 권리 말고, 의무가 무엇인지 알아야 해!
자식을 버리는 어머니들과
어머니, 아버지를 버린 자식들이 와야 해.

총탄이 빗발치는 전쟁터
총 맞은 사람들이 한 명씩 한 명씩 쓰러져가는 전쟁터.
이 총소리도 무서워할 것 없다.
이 세상은 자기 자신의 전쟁터이다.

인생 실험대에 오른 '뺀질이들'
빚진 건 모른다 하고, 자기 권리만 요구하는 사람들
자식, 어머니를 버린 마음이
법원에 간다고 수치를 알게 될까.

수치심! 명예도,
수치의 설익은 열매……
아무것도 기대할 것 없다!
양심이라는 판사를 속이는 사람들이
정의의 심판을 두려워할까.

권력으로 갚게 하는 빚
갚지 않는 게 천 배는 낫다.
벌을 준들 누구에게 득이 되리.
죄인이 자기 죄를 모르는데.

억지로 빚을 갚게 하는 게
누구에게 필요한가.
법원 판결도 우울한 노래같이
마음에서 마음으로 흘러가 들리게 해야 한다!
재소자 얼굴에 읽히는 판결의
목적은 멍청이를 깨닫게 하는 것이다!

벌도 주고, 공정성도 지켜야 한다.
아픔 속에 깨닫게 되고, 성장하게 된다.
사랑, 돌봄을 요하는 사람들이
사랑만으로 권리를 찾게 하라!

1976~78년

순국선열들 Şəhidlər

프롤로그

순국선열들─ 이 영토와 민족에 경배한 사람들
불공정 위에 공정이란 다리를 놓아주었다.
조국을 사랑했단 이유로 죄인이 된 그들이건만
고향을 사랑하는 것도 죄란 말인가, 아이고, 알라시여!

정작 나는 등불 하나 없이 남겨졌다. 천 개는 태울 수 있는 기름이
있었건만
작은 동산에 나는 손을 내밀었다. 나 자신이 거대한 산이었거늘.
나 스스로를 도울 수 있었거늘
왜 타인이 우리의 '은신처'가 되었단 말인가, 아이고, 알라시여!

그에게는 기대감, 나에게는 고난, 누구에게 공정하단 말인가?
쇠사슬에 묶인 손발, 순수한 머리, 상처받은 가슴
70년 협약, 동맹, 화합.
일방적, 불법 결혼, 아이고, 알라시여!

내게 지팡이가 필요한 상황인데, 남의 지팡이가 되어버렸네.
천 개의 총알을 맞은 가젤이야.
남이 어떤 명령을 내리든 나는 머리를 숙여야 돼,
왜 내가
타인을 '알라'처럼 섬겨야 한단 말인가, 아이고, 알라시여!

오늘 나는 노예가 되어버렸다, 어제 나는 왕이었는데.
나를 이 세상에 데려온 사람은 누구인가.
어디서 이 땅으로 갑자기 떨어졌나.
천 년 역사가 잊혔나. 아이고, 알라시여!

우리의 번영도 명예도 남의 손아귀에 있다.
우리의 재산은 날아가고, 우리의 피부가 벗겨지는구나.
우리의 하늘에는 아침이 오지 않는다.
우리 하늘에 해가 뜨지 않는구나. 아이고, 알라시여!

수백 년 동안 계속된 구금
이것을 명예라고 믿었단 말인가?
우리는 행복하다고 믿었다. 그렇게만 믿었다.
사실은 거짓이라는 권력의 노예였거늘, 아이고, 알라시여!

우리의 소망, 희망을 눈에 걸고
보이는 섯 밀고 우리 모두

그들이 말하는 것을 믿었다…… 허황된 믿음은,
노예가 되기 위한 지름길이었다, 아이고, 알라시여!

스며드는 빛을 보고, 우리는 어둠을 저주했다.
아침이 오는 것이라 추측하고 또 믿었다.
우리는 사비르[1]를 보고, 그의 입을 막았다.
그의 입을 막았던 우리가 죄인이다. 아이고, 알라시여!
왜 내가 타인을 '알라'처럼 섬겨야 한단 말인가, 아이고, 알라시여!

이 민족은 무엇을 원하는가?

눈에는 희망을, 혀에는 요구를 담고
민족은 바닷가에서 바다가 되어버렸다.
흔들리는 파도처럼 이 민족은
불기둥을 만들며 타올랐다.
말이 없는, 귀가 먹은 하늘에 권리를 알리는 소리 기둥이 솟아나자
이 나라에도 영토 싸움이 시작되었다.
사람들은 무엇을 원하는가?
지친 인생

---

1)   Mirzə Ələkbər Sabir(1862~1911): 19세기 말부터 20세기 초에 살았던 아제르바이잔
     의 풍자시인.

삶에 대한 불만을 이야기하는가?

빈 상점들 가득한 인파들

지금보다 더 많은 돈을 벌고 싶은 것인가?

돈 문제인가?

집안싸움인가?

이 민족, 이 나라의 싸움의 본질은 무엇인가.

따져보는 사람 하나 없다.

한자리하는 사람들이 불현듯

이 민족 회오리를 가로막고 나섰다.

무대에 나선 사람들을

민중들은 '극보수'라 하면서 민족의 명예를 훼손한다 비난했지만

그들은 오히려 민중을 훈계했다.

우리는 더 강력하게 식민화되어야만 한다고

그것만이 유일한 생존책이라고 그들은 주장했다.

물어보는 사람 하나 없었다.

당신은 우리 민족과 무슨 원수라도 지은 거요?

사는 데 뭐가 부족하시오? 물이 부족하시오? 공기가 부족하시오?

우리 민족은 거지같이 살았어도

가난한 삶에 대해 불평 한마디 하지 않았거늘.

판자촌에 살아도 자존심을 잃지는 않았거늘.

광장에 쏟아져 나와 '집'을 달라 소리친 적 한 번 없거늘.

7층 땅 밑에 묻힌 '검은 금'2)이 얼마냐고

---

2) 아제르바이잔에서는 석유를 '검은 금'이라고 부른다.

물어본 적 한 번 없거늘.

그들은 석유를 금으로 되팔았다.

검은 금 주인을 달콤한 말로 속여서.

민족의 자원은 결국 원수가 되고 말았다.

우리 가족이 재배하는 목화는 이제 수의(壽衣)가 되어버렸지만

우리 민족은 아무 말도 하지 않았다.

참고 또 참고, 투덜대지도 않았다.

우리 민족이 원하는 것은 도대체 무엇이란 말인가?

자원이, 마나트3)가

남의 손에 보물로 넘어가도

피부가 벗겨지고

위엄과

명예와 절개가

더 이상은 훼손되지 않기만을 바랄 뿐.

천 년 역사가 한 푼 가치 경매로 넘어가지 않기를 바랄 뿐.

신문은 민족에게 조언해주고

말로 길을 보여주기를 바란다.

이제 당신이 좀 말하시오.

이런 요청이 잘못되었단 말인가?

* * *

---

3)   manat: 아제르바이잔의 화폐 단위.

우리가 식민화되었을 때부터,
우리 마음속에는 삼색 국기가 자리 잡았다.
독립이라는 가능성이 보이자
한순간에 그 국기에 구멍이 뚫렸다.

우리는 마음을 다지고
국기를 손에 들었다.
목적이 있었다.
국기가 파도처럼 혼들리자
살인범은 이것을 보고 막아버렸다.
우리의 초승달이 피로 물들었다.

모순 속에서

거짓, 불성실에 속아서
우리는 황금 군대를 위해 기념물을 만들었다.
이름도 붙여주었다. '구조군'.
이름이 잘 맞았다. 나라가 '구조되었'던 것이다.
되찾은 지 얼마 안 되었던 자유에서 구조되었다.
'고인(故人)이 되신 분에게는 자유, 살아 있는 분에게는 감옥'.

우리는 오래전부터 잘 알고 있었다.

이름은 하나지만, 얼굴은 여러 개

가난한 사람은 곤궁함을 감추기 위해

강아지 이름을 '은(銀)'[4]이라고 짓는다.

그 기념물 근처

황금 군대는 어느 날

우리를 피 흘리게 했다…… 아이고, 알라시여!

죽은 사람들은

어제까지 군인이었던 젊은이들

이성으로는 이해할 수 없는 불행에

담긴 원래 의미를 이제야 알 것 같다……

70년간 '앞으로!'라고 외치면서 앞만 보고 뛰었다.

그래도 뒤처진 사람은 우리였다.

가슴을 치면서 일어나보니

세계는 사자, 우리는 고양이였다!

우리 스스로 민족에게 함정을 팠다.

우리 머리가 낚싯대에 엮이자

그들은 일부러

우리 민족의 친구를 '원수'라고 불렀다.

---

4) 아제르바이잔에서 '은(Gümüş)'은 강아지 이름으로 많이 쓰인다.

'세계의 재산, 자원은 모두 우리에게 있다'고 했다.
우리의 목소리는 허공으로 흩어져버리고
'세상에서 가장 행복하고 기쁜 사람들'
강도들이 지금 고기를 산다.

우리는 이상한 모순 속에 갇히고 말았다.
이제야 알 것 같아. 우리가 누구이고, 무엇인지.
이 무슨 잔인한 운명의 판결인가?
어제 우리는 그 군대에서
러시아인들을 형제로 여기고
그들의 적과 싸우지 않았나?
그동안 무엇이 지나갔나? 무슨 일이 일어난 것인가?
어제의 지혜는 잊혔고
어제 우리를 지키는 산이었던 그가
오늘은 갑자기 원수가 되었다.

그 당시에는 사실을
거짓들이 막았다…… 이것을 뭐라고 불러야 하나?
살인자는 그날 밤
사실을, 진실을 사격했다.

총 없는 이 민족에게
총탄을 퍼붓는 이 군대는 누구 명령으로 여기까지 왔는가?
세상에, 이보록 끔찍한 일.

그 어떤 잔인하고, 냉혹하고, 악에 받친 군대라도 이럴 수는 없다.

전쟁이란 게 원래부터

모두가 정한 규칙 같은 게 있단 말인가?

명예를 위한 규칙

조건, 법?

붉은 군대[5]의 '정의'란 이런 것인가……

죽은 사람들이 누구란 말인가?

믿을 수 없다!

어제 러시아를 위해 자기 자신을 희생했던 사람들

열사(烈士)들의 의사(義士) 자식들!

아쉽다! 열사와 의사가 성(姓)이 똑같다!

아버지는 열사, 아들은 의사!

봐라!

무엇을 위해 한 짓인가!

그 토요일 날 밤, 끔찍한 밤

갑작스럽게 모든 게 다르다는 게 드러났다!

한 러시아 군인은 소리쳤다.

—"이게 원칙이다.

대가를 치르게 해주겠다. 이 자식.

네 아버지가 열사라 했나?

내가 원수를 갚고 순국선열이 되게 해주지!"

---

5) '붉은 군대' 혹은 '소비에트 공산주의 노동자 군대'라고도 일컬어진다. 1946년 2월 25
일 소비에트군(蘇聯軍)으로 개칭되었다.

정의도, 진실도
그날 밤에는 없었다.
압제는 압제자의 손으로
권리를 교살했다.
청동 갑옷을 입은 뱀들이
우리의 권리를 어떻게 이해한단 말인가!
거짓들이 사실을,
온 세상을 덮어버렸다. 그날 밤.

내 고통을 누구에게 털어놓을 수 있단 말인가?
약탈자, 비겁한 자에게 말해야 하나?
70년의 고통과 슬픔이
눈에서 흘렀다. 그날 밤.

어머니들의 절규와 비명 때문에
사람들의 가슴이 무너져 내렸다.
순국선열들의 피로
번개가 쳤다. 그날 밤.
온통 검은색으로 입혀진 고향
아무도 번개 소리를 듣지 못했다.
삶이 잉태되었다 해도
그날 밤은 죽음이 태어났다.
뭐라고 알싸.

황폐, 압제, 끔찍함을,
알라께서 이런 참사를
보고만 있었단 말인가.

다음 날…… 사람들은 바쿠에서
민족이 흘린 피를 씻었다.
폭군은 씻을 수 있단 말인가.
피로 얼룩진 자기 양심을.

밤사이…… 모든 곳은 피로 얼룩지고
빨간 꽃들이 하늘에서 날아간다.
사람들의 절규가 또다시 시작되고
여기저기 부산한 도움의 손길
자동차들이, 사람들이
부상자들을 싣고 병원으로 달려간다.

총소리…… 끔찍한 소리
건물들도 흔들리고 전율한다.
무자비한 군인들이 일부러
병원 불을 끄고 있다.

우리에 대한 그들의 미움, 분노가 얼마나 컸는지
분명해 보인다. 전쟁은 끝나지 않을 것이다.
불쌍한 의사들. 지금 뭘 할 수 있나?

촛불 아래 수술이 진행된다.
아침이 되자 한 명씩 두 명씩
사람들이 모인다.
부상자들에게 피를 주러 온 사람들
양심에 피를 흘리게 한 사람은 어디에 있는가?

군인들이 물밀 듯 모여들었다.
어리둥절 주변을 살펴보는데
한순간 병원 마당에
총탄이 날아든다.

아무도 이런 영광을 기대하지는 않았다.
그만큼 피를 흘렸는데도 부족하단 말인가?
환자들에게 피를 주고 나누고자 했던 사람들도
한순간 사방으로 흩어졌다.

야조브[6]의 명령이라나……
뜨거운 머리
잔혹함도 풍습이고 전통인가.
부상자들이 무슨 죄를 졌다고
도와주는 것도 죄란 말인가.

---

6) Dmitry Timofeyevich Yazov(1924 ~): 러시아가 아제르바이잔을 점령하던 시기의
   사령관. 소비에트 연방 붕괴 이전에 임명된 마지막 소비에트 연방 원수로 1987년부터
   1991년까지 소비에트 연방의 국방상관을 지냈다.

다음 날…… 바쿠 거리마다
민족의 혈흔을 씻었다.
폭군은 씻을 수 있나.
피로 얼룩진 자신의 양심을.

* * *

오늘 당신들에게 고하노라.
고상한 귀족 조상을 뿌리로 둔 러시아 지식인
위대한 톨스토이, 푸슈킨
후배들
지적 상속자들이
선조들의 유산을 지켜나가는 것은
후속 세대를 위한 용기이고 명예이거늘

당신들은 오늘날 그 조상들의 권리를,
신문의 기사나 말로 반복하는데도
선조들의 사랑과 사상은
당신들의 행동에서 조금도 느껴지지 않는구나.
높은 자리에 앉아
당신들은 입으로 이른바 "사실"만을 퍼뜨렸다.
말해보아라. 당신들 마음에
공정성, 지혜, 진실이 과연 있기나 한 것인지.

머리부터 발끝까지 총으로 무장한 군대로
당신들은 살 권리를 원하는 선량한 민족을 쏴 죽였다.
보이지 않는가?
당연히 보았을 터!
그런데도 당신들은 진실에 침을 뱉었다.

한 민족의 가슴에 그토록 큰 대못을 박고도
당신들 명예는 훼손되지 않았단 말인가?
국제 사회에서 이 사실이 밝혀진다 해도
당신들 명예는 훼손되지 않는단 말인가?

압제 앞에서 당신들은 침묵했다……
말해라, 조상들의 유산을 잊은 건가?
위대한 조상 톨스토이, 푸슈킨이
당신들에게 남긴 진실이 이것이란 말인가?
우리에 대한 근거 없는 미움과 분노는 무엇인가?
이제 누구에게 기대를 걸 수 있단 말인가?
산과 돌을 돌봐주는 라스푸틴[7]은
우리 민족의 고통에는 왜 눈을 감았는가?

---

7) Grigorii Efimovich Rasputin(1872~1916): 제정 러시아 시대에 선지자처럼 예언과 치료를 하며 러시아 전국을 떠돌던 성직자. 왕자의 병을 치료하고 니콜라이 2세와 황후의 신임을 얻었다. 그러나 이를 등에 업고 국정을 좌지우지하다 귀족들의 반감을 사 암살당했다.

남의 고통을 이해하지 못한다면
어찌 지식인이라 할 수 있을까.
감히 묻고 싶다. 어떻게 하면 이처럼
한 인간이 비열할 수 있는지?
톨스토이는 이 비열과 폭력을
무엇이라 했을까.

장하다, 장해!

때로 나는 마음속으로 생각한다.
공연히 우리 젊은이들만 희생당했다고.
인생을 허비했다…… 뭔가 해보기도 전에
죽어버리는 게 무슨 의미가 있단 말인가?!

우리 힘은 이성(理性)을 기반으로 해야 한다고 나는 말했건만
이 말을 이해하는 사람은 없다.
이 무자비한 세상에서 우리는 이성을 믿어야 한다.
힘으로 돌을 부술 수 있다. 이성은 힘을 부순다.
생각해본다. 그들은 겁도 없이 무모하게
죽음 속으로 뛰어들었다.
살아 있을 때 아무 일도 하지 않았는데

죽어서 영웅이 되었다.

우리가 빼앗긴 지 오래된
주권을 그들이 세상에 알렸다.
우리 민족 심장에 억지로 주입된
두려움이란 악마를 그들이 무찔렀다.

그 밤 산에서 무너져 휩쓸고 내려오듯
끓던 분노의 둑이 무너지고 폭발했다.
우리 민족은 그 토요일 밤 마음속
두려움의 울타리를 넘었다.

우리의 이익은 이것뿐이었다.
두려움의 배수로에 다리를 만들었다.
이것은 하나의 시험이고 테스트였다.
의심에서 벗어나, 신앙심에 이르렀다.

이들의 죽음, 희생은 우리에게 교훈을 주었다.
헛된 희생이었다고 말하자 말자.
순국선열 되어 우리 민족에게,
용감함이 무엇인지 보여주었다.

손익 계산을 할 줄 알아야 한다.
때로는 겨울 열 번이 봄 한 철을 대신한다.

우리 순국선열들이 흘린 신성한 피는
내일을 위한 저축이다.

우리 민족은 참을성이 너무 많아, 불에 재를 던진다.
어떤 악제든, 어려움이든 버티고 있다.
버티면서 침묵 속에 잠을 잔다.
희생당한 민족이 일어난다.
꿈속에서는 꽃 한 송이도 재배할 수 없다.
오늘에서 내일로 다리를 만들지 않으면,
자유의 나무에는 열매가 열릴 수 없다.
순국선열들의 피로라도 관개수로를 만들지 않으면.

그들은 증명했다. 검은 압제는
손은 길어도 생명은 짧다는 것을.
민족의 자유는 내일, 모레
순국선열의 상처에서 싹틀 것이다.

토요일 그날 밤은 아침을 데려오지 못했다.
시간은 그때 오른쪽 왼쪽도 분간하지 못했다.
자기 몸을 희생한 순국선열들이 지나갔다.
피로 된 한밤에 천 년의 길을.

명예는 왕관이 되어, 머리에 내려앉았다.
그 살인의 날 민족 천 년의

용맹의 역사가 다시 시작되었다.

바배크, 자바드 칸[8]도

무덤에서 벌떡 일어났다.

그들은 마음의 눈으로 간절하게 우리를 바라보았다.

그래도 우리 민족은 알지 못했다.

조상들은 산은 평지로, 하늘은 땅으로 내려오는 것을 보았다.

어찌하여 노예가 탄생했단 말인가.

그들은 믿지 않았다. 우리도 영웅이다.

그 위대한 영웅의 후손들

―우리는 칸의 민족이거늘,

어찌하여 노예가 되었단 말인가.

그들이 다그쳤다.

―이 압제는 뭐고, 순종하는 건 또 뭐란 말인가?

조상들은 분노에 떨며 투덜거렸다.

그날 토요일 밤 갑자기 바람이 불어

불씨가 남겨진 재를 날려 보냈다.

바배크는 분노 속에 일어났다.

영웅의 눈 속에 들어 있는 자신을 보았다.

그 토요일 밤 천둥같이

---

8) Cavad Xan(1748~1804): 간자 왕조(Ganja Khanate)의 마지막 왕으로 러시아에 대항한 아제르바이잔의 넝봉.

사람들 눈에서는 빛이 번득였다……
가슴속에는
눈으로 보이지 않는 산들이 솟았다.
잘 길들여진 어린 양도
과감하고 거친 숫양이 되어버렸다.
바배크의 후손임을
우리는 전 세계에 보여주었다……
대단하다! 장하다!
너희들이야말로 조상들 이름을 욕되게 하지 않았다.

세상은 거짓과 중상모략으로 사실을
십자가에 매달아 죽였다!
그 밤 압제가 현실을 덮쳤을 때,
권리 주장에 대한 고함 소리로 세상은 흠칫 놀랐다.

우리 이름이 전 세계에 회자되고
명예는 얼룩지노니
열사(烈士)와 의사(義士)들이 흘린 피는
역사에 기록되리.

심장에서 쏟아지는 붉은 피,
구름이 통곡하고, 하늘은 절규했다.
그 토요일 밤 고향은
애도의 마음 담아 검은색을 묶었다.

중상이든 모략이든,
설탕 먹듯 모든 괴로움을 먹어치웠다.
자유를 향한 길, 우리 민족은
죽을 각오가 되어 있다는 것을 보여주었다.

자유는 주어지는 것이 아니라, 쟁취하는 것이다.
그만!
죽음과 피는 사절한다.
죽을 준비가 되어 있지 않은 민족은
자유도 준비되어 있지 않다.

맨주먹, 탱크로
뛰어드는 젊은이들이, 장하다!
그 젊은이들이야말로 자유가 민족에게
축복이라는 것을 확인해주는구나.

순국선열 지위로 올라서는 젊은이들,
어떤 고통도 이겨내는 젊은이들,
위대한 내시미[9]와 바배크의
축언을 그날 밤에 계승했다.
시간보다 앞서

---

9) İmadəddin Nəsimi(1369~1417): 14세기에 활동한 아제르바이잔의 시인으로, 절개를
    지킨 인물로 위명하다. 수피즘의 종파 중 하나인 후루피즘Hurufizm을 표방해 알라를
    모독했다는 죄명으로 피부를 벗겨서 죽이는 고문을 낭했나.

역사 중 역사로 남았다. 그날 밤은.

* * *

한숨을 내쉬어도 사라지지 않을 고통
모든 민족의 역사와 본질을 담은 노래
순국선열의 비명은 숭고한 무감[10]
이제 반드시 새로운 인생이 열릴 것이다.
이 숨소리도 이제, 내 마음을 편하게 하지는 않는다.
노래에도 모든 것의 뿌리가 담겨 있다.
순국선열들의 울음소리, 숭고한 가락.
새로운 세상이 열리리라.

그 세상에서 어머니의 신음 소리,
어머니들, 새댁들이 운다.
그 세상 슬픔의 폭포는,
우리 마음을 흘러 다니며 권리를 물어본다.

그 세상에서 총소리들,
타르[11] 현을 타고 흐르는 슬픔의 숨결들.
그 세상 압제의 반란,
권리, 현실의 투쟁이었다.

---

10) muğam : 아제르바이잔의 전통 음악 장르로, 유네스코에 등재된 무형문화유산이다.
11) tar : 아제르바이잔의 전통 현악기.

라미즈[12]는 오래된 타르를 안고,
이 새로운 세상에서 연주한다. 너를 위해
순국선열들의 피로 만들어진 소리.
무감도 세가흐[13]도 너를 위한 가락!

새로운 꽃들을 재배하자.
순국선열들의 어머니를 위로해야 한다.
권리를 지키려는 외침
새로운 세상, 너를 위하여!

카스피해는 자신의 바닷가와 맞붙어 싸웠다,
우리의 고통을 큰 소리로 말하라.
그 새로운 세상에서 불같은 혀로
복수하라, 너를 위하여!

새로운 세상 신음 소리들.
온 세상이 피로 물들 것이다. 겁이 난다.
겁이 난다. 타르의 몸통도 터지고 말겠지.
이 새로운 세상에 울려 퍼지는 신음 소리 때문에.

이보게, 천천히 좀 연주하시게. 타르 연주는 좀 살살……

12) Ramiz Quliyev(1947~　): 아제르바이잔의 유명한 타르 연주가.
13) segah: 무감의 한 종류.

이 신음 소리에 타르 현도 견디지 못하는구나.
새로운 세상에 울려 퍼지는 소리들
무고하게 흘린 피에 견딜 수 없는 소리들.
거짓과 중상모략.
드디어 타르가 폭발한다!

추념식

분노의 천둥소리. 모든 시선들은 감탄사!
얼굴, 눈빛 가득한 의문
인간 바다의 파도를 뚫고
상여들이 배처럼 미끄러지듯 천천히 움직인다.

압제의 악을 참아내는,
눈빛 속에 미움과 앙심들이 타고 있다.
상여들을 짊어진 어깨,
알라께서 단죄하리라……

알라시여, 말씀해보세요. 우리가 얼마나 더 겪어야 한단 말입니까?
하늘의 권리와 타당함이란 이런 것이란 말입니까?
알라시여, 말해보세요. 얼마나 더 참아야 한단 말입니까?

이런 배신을 참으란 말입니까?
민족의 고통이 얼마나 큰지 하늘에 닿고 있습니다.

시위 같은 시선, 말이 없는 시선들!
배들이 빵빵거린다…… 검은 먹구름 가득한
하늘에서 추념하는 국기가 내려오고
이 소리는 우리들의 마음에 불을 붙여
분노의 화산을 만든다.

배들이 빵빵거리는 소리…… 이 비명은 재로 덮인 채
서서히 식어가는 모닥불 소리인가?
비명, 신음 소리, 아기를 잃어버린
어머니들의 신음 소리인가?
배들이 빵빵거리는 소리…… 긴장, 서두름의 노래,
우리는 알고 있다. 이 시위를 뭐라고 하는지.

도저히 모르겠다. 이 기쁨의 소리
눈물에서 어떻게 빚어낸 소리인지
배는 고동 소리를 내는데, 이 소리 또한 은밀하다.
거리도 건물도 벌벌 떨게 하는 공포의 소리
모르겠다. 기적 소리
눈물에서 어떻게 빚어낸 소리인지
배들이 빵빵거린다…… 기적 소리
길늘, 선불들노 긴깅헌다.

이상한 신음 소리, 마치 아는 것만 같다.
위험은 연이어 온다.
셰이크[14]를 따라 줄지어 선 사람들.
사람들이 다시 흩어진다.
내일 정당함이 밝혀져도
우리 마음에서 이 순국선열들의 아픔은 남아 있지 않겠지.

눈물이 흐른다.
가슴이 무너진다.
우리 민족은 이제 어쩌란 말인가. 슬픔 때문에
우리 젊은 셰이크도 허리가 굽었다.

사람답게 살지 못했다.
우리의 권리나 빚이
우리 어깨를 짓누르는 것은 오늘 맨 상여가 아닌
아픔이 주는 무게 때문이다.

우리 안에 있는 슬픔을 교살하여
이 무게가 우리를 고개 숙이게 하면 안 된다.

군중은 무겁게 움직인다.

---

14) şeyx: 아랍어에서 파생된 단어로 공동체의 원로(元老), 현인(賢人)이란 뜻으로도 쓰이며, 이슬람 시아파 종교 지도자를 뜻한다.

광장에서 다귀스튀 공원[15] 방향으로
걸어간다.
오늘도 우리 마음은 내일을 본다,
내리막길에서 오르막길로 오르는 시간.

여기가 원래 공원이었나? 아니다!
아직도 기억이 생생하다.
1918년!
순국선열들이
저 세상으로 갔다.
아르메니아인들은 힘으로 역사 공원을 만들었다.
1918년 우리 순국선열들을 잊게 했다.

손에 들린 금 카네이션[16] 천 송이,
순국선열들 앞에서 한순간 멈추었다.

용감한 남성들이 래술자대[17]와

---

15) Dağüstü park: '산꼭대기 공원'이라는 뜻으로 바쿠 시내에 있으며, 1990년 1월 20일
    에 희생된 사람들이 묻힌 공원이다.
16) 1990년 1월20일에 자행된 학살을 겪은 뒤 아제르바이잔에서는 카네이션을 애도의 꽃
    으로 쓰게 되었다. 그 당시 순국선열들의 무덤으로 가는 모든 사람들이 카네이션 꽃을
    들고 갔기 때문이다. 그래서 매년 1월 20일에는 사람들이 카네이션 꽃을 들고 다귀스
    튀 공원으로 간다. 카네이션에 대한 시들도 많은데 주로 '금 카네이션' '피로 된 카네이
    션' 등으로 많이 쓰인다.
17) Məhəmməd Əmin Rəsulzadə(1884~1955): 아제르바이잔공화국(1918~20)의 초대
    대통령이다. 1920년 붉은 군대가 아제르바이잔을 합병하자 대통령직에서 사임했고,

국기 밑에 묻혀 있다.

잠시만, 울지 마세요!
슬픔, 아픔
우리 민족에게 이런 건 맞지 않는다.
이 깃발 아래 사는 우리에게
땅 밑으로 가는 것도 명예다.

어느 한순간 하늘과 땅이 침묵했다.
사람들이 마음을 침묵에 싸서 매달았다.
1918년에 돌아가신 옛 열사들,
새로운 순국선열들을 안아주었다.

도시는 저 아래 발밑에 있다······ 자, 그들이
우리보다 위에 묻혔다.

우리가 무엇을 잘못했단 말인가?

현충원(顯忠院)······

외국에서 정치 활동을 하다 터키 앙카라에서 사망했다.

묘지들이 묻는다.

―우리가 무엇을 잘못했단 말인가?

묘지들을 바라보는 파리한 얼굴들과 시선들이

질문한다.

―우리가 무엇을 잘못했단 말인가?

이 질문

순국선열들의 모든 장례식에서 묻는다.

패리재와 일함[18]의

꺼진 등불

―우리가 무엇을 잘못했단 말인가?

흰 수염 할아버지들과 흰머리 할머니들의[19]

기도가 묻는다.

―우리가 무엇을 잘못했단 말인가?

이 질문

여학생 라리사[20]의 검정 리본으로 묶었던

---

18) 일함 애지대르오글루 알라베르디예프(İlham Əjdəroğlu Allahverdiyev, 1962~1990)와 패리재 초반크즈 알라베르디예와(Fərizə Çobanqızı Allahverdiyeva, 1970~1990)는 1990년 1월 20일 '검은 1월'의 희생자이며, 당시 신혼부부였던 것으로 알려졌다. 맨주먹으로 탱크를 막기 위해 뛰쳐나간 일함을 러시아 군대가 살해하자 패리재는 곧바로 자살했다. 아제르바이잔인들에게는 20세기 로미오와 줄리엣으로 받아들여지고 있으며, 그들의 희생을 기리고 젊은 연인들의 사랑을 축원하기 위해 그들의 결혼 기념일인 6월 30일을 '연인들의 날'로 기념하고 있다.

19) 튀르크 국가에서는 주변 사람들에게 존경을 받는 원로들을 '흰 수염 할아버지' '흰머리 할머니'라고 부른다.

20) Larisa Məmmədova(1977~1990): 러시아의 여학생으로, 1990년 1월 20일 '검은 1월'의 희생자였으며, 당시 열두 살이었다. 공장에서 일하는 아버지를 찾아갔다가 집으로 돌아가는 버스에서 러시아 군인들의 무차별 총석을 빌고 그 거리에서 사망했다.

학교 책상이 묻는다.

─우리가 무엇을 잘못했단 말인가?

무죄한 희생자들의 비석이 묻는다.

부모 잃고 고아가 된 희생자 자녀들이

눈물로 세상에 살 권리를 요구하며 묻는다.

─우리가 무엇을 잘못했단 말인가?

이 질문

가슴에 못이 박힌 유구한 민족

떨린 입술로 묻는다.

자원이 파괴된

사실이 거짓이 된

거대한 나라

괴이괼[21)

샤흐다그[22)에서 묻는다.

─우리가 무엇을 잘못했단 말인가?

이 질문은 전 세계를 돌았다.

신문에도

천 개의 해석이 쏟아졌다.

윗물이 얼마나 흐려졌는지

아랫물도 맑아지지 않았다.

아무도 답하는 사람이 없다.

─우리가 무엇을 잘못했단 말인가?

---

21) Göygöl: 아제르바이잔 간자 근처 케페즈 산 정상에 있는 호수.
22) Şahdağ: 아제르바이잔 구바와 구사르 근교에 있는 산.

이 질문
'죽여라' 명령을 내린 사람 귀에는 들리지 않는다.
우리에게 '시간을 알려준' 그 늙은
크렘린의 시계는 소리가 안 난다.
한 민족이 던지는 질문
'우리가 무엇을 잘못했단 말인가?' 이 소리를 억압했다.
의사(義士)들의 피는 살인자에게
명예를 주고, 승진시켰다
한 명은 명령을 내렸고, 한 명은 죽였다.
양심 없는 사람들의 피 묻은 손.
죄 없이 맨주먹으로 그 손에 맞선 사람들.
땅바닥에서 별처럼 스러져갔다.
우리는 살인자를 벌하고자 했지만
그들은 오히려 직위를 얻었다.

막혔다. 사실을 말하고 권리를 주장하는 출구가 막혔다.
그들에게 권리를 요구하는 사람은 없었다.
살인자들은 고위 장교 계급장을 달고
살인 명령을 한 사람은 대통령이 되었다.

내가 지은 죄들

—나는 너에게 늘 '괜찮다'고만 했었다.
나는 너에게 권리를 요구하지 않았다.
저 멀리 하늘에서 문득 작은 빛을 보고서야
너한테 바늘의 눈만큼의 권리를 요구했다.
너는 물었다.
—말해봐. 무슨 권리를 말하는 거지?
내가 필요한 건 네가 만든 목화와 석유이다.

너는 말했다.
—네 요구는 모두 오래전에 끝난 얘기거늘
'퀼뤼스탄' 계약서에 담긴
권리를 이제야 요구하는가?
나는 묻는다. 내가 네 피를 빨아먹었단 말인가?
네가 고마워해야 할 사람은 나일 텐데.
이제 네가 피를 좀 흘려야 한다는데
왜 안 된다는 거냐?

내가 묻는다.
—내 죄가 무엇인지 나한테 설명해봐.
네가 답한다.
—너는 나를 절대 이해 못 해.

너는 모를 거야. 네 죄는 한두 개가 아냐. 천 개도 넘을 거야.
가장 큰 죄는 아름답다는 것이지.

너는 풍부한 자원에서
조금이라도 권리를 보상받기를 원하겠지.
너는 이 압제에서 벗어나
세상이 조금이라도 변하기를 원하겠지.
너는 그게 잘못이다!
내 허락도 없이, 많은 것을
네 멋대로 이해하고, 해석했다.
너는 나를 내가 그린
선 밖에 두고 싶어 했다.
그게 네 잘못이다!
너는 내 땅에서 노예가 되었다고
통탄하며 소리를 치고 싶어 했어.
그게 네 잘못이다!
압제 때문에 숨이 막힌다고
소리를 치고 싶어 했지.
그게 네 잘못이다!

그는 너한테 땅을 요구했다.
왜 그자를 화나게 했지?
그의 요구를 받아주었어야지.
너는 저울의 한쪽을 기울게 했지.

그게 네 잘못이다!

이 피로 얼룩진 싸움이 시작됐을 때부터
너는 한 걸음도 뒤로 가지 않았다.
아르메니아인들이 너희 민족을 학살했다고
너희도 그들 피를 흘리게 했다.
그게 네 잘못이다!
너를 피 흘리게 했을 때
표독스러운 눈으로 나를 쳐다봤지……
그게 네 잘못이다!
내 탱크를 부수는
너의 오만한 자신감은 어디서 오는 거지?
그게 네 잘못이다!

……이런 운명을 우리가 살고 있다,
알라시여, 우리에게 인내심을 주시기를.
독립된 세상에서 우리는 완전히 잊히는 건가요?
이런 수모를
어떻게 참으라는 말입니까?
우리는 정당했는데 정당하지 못하게 되었어요.
이 일을 경험하게 된 다음에.

이 비방의 소리는 귀를 막게 한다.
기장조차 밀보다 가치가 있다.

염소는 이 강을 어떻게 흐리게 했나?

염소는 밑에 있고, 늑대는 위에!

권력은 매일 색깔을 바꾼다.

중앙 권력[23]은 나를 보고 있다. 그[24]를 보지는 않는다.

우리가 가지고 있는 무기는 죄다 빼앗아 갔으면서

아르메니아인의 대포는 왜 보지 못하는가.

우리 생각은 우리 말로 표현한다,

행동보다 소란이 먼저이다.

마음이 너무 깨끗해서,

적을 보고 친구라고 생각했네.

너무 겁나서

'강도 보기 전에 소매부터 걷어붙였다'

계략, 동정, 양심

우물에 떨어지는 사람이면 언제나 그 손을 잡아주었다.

올가미와 속임수로

어제 우리에게 한 짓을 오늘 잊었다.

남의 영토라고 쫓아내는 사람들에게

우리는 땅까지 떼어주었다.

그 대가로 우리는 지금

빚을 지고 말았다.

---

23) 구소련을 뜻한다.
24) 아르메니아를 뜻하는 것으로 보인다.

우리 땅을 담보로 빚을 지게 되다니.

손님은 어제를 잊어버리고
내국인인 우리에게 '도망가라' 했다,
악의 길을 갔다.
어제 그의 아버지는 내 집에서
고개 숙이는 것을 잊었다.

내 집에서 아르메니아인이 내 머리를 자른다.
소리를 친다……
중앙 정부는 나를 협박하며 말한다.
"움직이지도 말고, 말하지도 말고 듣지도 마!"
그냥 네 머리만 편하게 자르게 해다오.
꽃 같은 일을 왜 일부러
방해를 해?"
나는 그럴 자격도 없단 말이냐!

요컨대, 그는 나를 죽이는 게 정당하다는 말.
나는 참지 못하고 소리 한 번 지르는 것도 부당하다는 말.
수수께끼가 따로 없다.
─그들이 만든 이 새로운 발전 계획은 그들의 권리인가?

권력은 매일 색깔을 바꾼다.
중앙 권력은 나만 쏘아보고 있다. 그쪽은 쳐다보지도 않는다.

우리가 가지고 있는 무기는 죄다 빼앗아 갔으면서
아르메니아인의 대포는 왜 보지 못하는가.

민족 간 평등은
종이 위의 마른 잉크라는 것을 알게 되었다.
학살 사건 이후 우리는 많은 것을 알게 되었다.
우리의 죄는 튀르크라는 것이다!

민족 간 우정! 땅을 지켜야만 가능한 것인가?
자신을 지키지 못하면 말뿐인 것을.[25]
아타튀르크[26]는 맞는 말을 했네, 그럼, 맞는 말이고말고.
'튀르크인의 친구는 튀르크인 자신밖에 없다.'

튀르크 언어를 쓰는 민족들이 고향 땅에서
추방되어야 했던 이유는 무엇인가?
20세기 초반
'나는 튀르크인이야'라고 하는 사람들이 겪어야 했던 고초.

튀르크인의 자긍심을 알고 나서부터
악마도 미래를 예측했지.
카라차이,[27] 아할시흐,[28] 크름[29]의 튀르크인들
말카인,[30] 메스헤트[31] 사람 모두 추방당했다.

---

25) 구소련에서 1941~45년에 북캅카스 민족들을 시베리아로 추방한 것을 의미한다.
26) Mustafa Kemal Paşa Atatürk(1881~1938): 터키의 초대 대통령 무스타파 케막 파샤.

17)

뺨은 두 개, 얼굴은 하나,
튀르크인은 이렇게 태어났다.
모르겠다, 왜 '튀르크'라는 게
누군가에게는 골칫거리가 되는 것인지.

우리는 순수했고, 모든 것은 명백했다.
우리의 생각은 얼굴에서도 읽혔다.
살인자들은 그날 밤의
목적을 새벽부터 읽었다.

그렇다…… 우리가 한 걸음도 내딛기 전에
가고자 하는 목적지를 그들은 알게 되었다.
목표에 도달도 하기 전에
출발부터 발목을 잡았다.

* * *

시골이든 도시든 텐트를 쳤다.

---

27) Qaraçay: 카라차이는 쿠바Quba와 하치마즈Xaçmaz 지방 사이를 흘러 카스피해로
이어지는 강이면서 동시에 인근 북캅카스 지역을 가리킨다.
28) Axalsix: 조지아의 튀르크인 거주 지역.
29) Krım: 우크라이나의 튀르크인 거주 지역.
30) Malkarlar: 북캅카스에 사는 튀르크족.
31) Mesxeti Türkləri: 조지아에 거주하는 튀르크인들로 '아흐스카' 튀르크인이라고도 한다.

이 애도는 아픈 우리에게 약이 되었다.
전국은 애도의 장으로 변했다.
가난한 집에서도 음식을 장만했다.
장례, 애도. 불쌍한 이 민족은
살인자에게 복수를 한 것만 같았다.

약자가 하는 복수!
압제 앞에서 우리는 모두 침묵했다.
40일 애도를 했고, 일을 하지 않았다.
이것은 시위였고 복수였다!

가장 즐겁고 기쁜 날
—결혼식마다
카네이션은 손에 들린 램프가 되어,
우리의 기쁨과 행복을 나누었다.
1990년,
기쁨의 표현 카네이션이
순국선열들의 무덤을 덮어줄지 그 누가 알 수 있었단 말인가?
우리 슬픔을 애도해줄지를.
생명이 있는 것도 생명이 없는 것도 오늘 함께 운다,
전국은 애도한다.
금 카네이션과 검정 국기들도
민족의 슬픔에 마저 함께 운다.

* * *

붉은 지붕에서 뱀을 보았다.

휘둥그레 겁나서 질린 눈.

겁이 난다……

이 세상은 우리를 겁에 질리게 만들었다.

스탈린은 아직 안 죽고, 살아 있다!

알라께서 우리를 잊으신 건가.

거짓은 여기저기 돌아다니고 있는데, 진실은 어디에 있는가?

우리는 침묵한다……

하고 싶은 말은 마음속에 남겨져 있다.

스탈린은 죽지 않았다, 살아 있다.

선(善)은 무엇이고, 악(惡)은 무엇인가. 우리는 모른다. 무엇인가?

그것을 누구에게 물어봐야 한단 말인가?

우리 주권(主權)은 아직도 남의 손에 있다.

스탈린은 죽지 않았다, 살아 있다.

우리의 조국은 이제 외국이 되었다,

이렇게 큰 세계에 우리는 혼자 남겨져 있다, 혼자!

우리의 믿음은 감옥에 갇혀 있다.[32]

---

32) 아제르바이잔의 민족 해방을 주도한 정치인 에티바르 매매도브(Etibar Məmmədov, 1955~)와 아제르바이잔의 민족 시인이자 번역가인 핼릴 르자 울루튀르크(Xəlil Rza Ulutürk, 1932~1994)가 감옥에 갇혀 있는 것을 의미한다. 두 사람 모두 러시아의 아제

스탈린은 죽지 않았다. 살아 있다.

우리의 소원은 어디 있고, 우리 자신은 어디 있는가?
우리는 조각조각 잘리고 썰렸다.
스탈린이 죽는다 해도
저 위 세상에서라도
스탈린주의는 살아남으리.

핼릴[33]은 아직도 감옥에서 시를 쓰고 있다.
잠시도 세상과의 소통을 멈추지 않는 그로 인해
「모아비트 공책」[34]이라는 작품도 이렇게 세상에 나왔다.
파시즘은 죽지 않고, 아직도 살아 있다.

르바이잔인 무차별 학살 사건인 '검은 1월' 당시 러시아 군대에 저항하다가 투옥되었다.
33) 핼릴 르자 울루튀르크를 말한다.
34) "Moabit dəftəri": 20세기 타타르 작가 무사 잘릴Musa Jalil의 작품이다. 모아비트 감
옥에서 사형을 기다리면서 써 내려간 시로, 주로 민족 해방에 대해 썼다. 핼릴 르자는
그 작품을 감옥에서 아제르바이잔어로 번역했다.

수치

순국선열들의 무덤이 눈물로 젖었다,
카네이션에서 떨어지는 비 때문에 내리는 비도 그쳐버렸다.
우리는 꽃 파는 사람들을 비난했었다.
시장에서 꽃을 팔아 돈을 많이 번다고 생각했기 때문이다.
'아름다운 카네이션'
러시아 시장
이것은 우리의 수치라고 생각했다.
'장사꾼'들이 우리 명예를 훼손한다고 생각했다.
그 장사꾼들이 오늘은 아무 대가 없이
순국선열들의 묘지를 꽃으로 장식했다.
이윤 같은 건 잊어버리고
총탄이 낸 상처를 꽃으로 달래주었다.
이 상황에서 애국자는 누구인가? 말하라.
나와 너같이
많은 사례비 받고
민족을 교육하기 위해
방송에 나오는 분들인가?
아니면, 의사(義士)·열사(烈士)들을 위해 이익에 눈을 감은 그 사람
들인가?

순국선열들은 다 서로 닮았다.

묘지를 봐라!
빨간 카네이션에 덮여
같은 사이즈, 같은 디자인
이유도 같고, 목적도 같고,
목표도 같았다.
그들을 이 세상에서 떠나보낸 총도 같은 총
머리에서 연기가 풀풀
이 슬픈 묘지들을 보면서 우는
사람들도 같았다……
가지마다 줄기마다 매달린 검은 깃발
하늘도 양초도 하나였다.
여자들의 비탄.
민족의 슬픔, 고통.
모두에게 타인의 아픔은 나의 아픔이 되었고,
서로서로
"명복을 빕니다" 조의를 표했다.
'볕 들 날이 올 거라고' 위로하면서.

오늘 아픔은 민족을 하나로 묶어주었다.
슬픔과 고통의 힘으로 민족이 통일되었다.
참사를 참는 것은 고통이다!
민족의 허리가 구부러졌구나.
용맹한 조상들
장수한 억사의 기상은

모욕당하고 짓밟혔다.
자존심과 의지는 '고맙다'라는 말에 팔려나갔다.
너의 이름은 주권
알라시여, 왜
우리에게 이런 고통을 주시나이까?
우리 민족의 아픔은 이제 충분합니다.

모욕, 죽음도 이제 더는 참기 힘들다, 너무 힘들다!
자식들이 죽어 나가는 것을 슬피 보고만 있으란 말인가.
마시는 건 독약이고, 먹는 건 고통이다.
온 민족은 이 아픔의 무게에 짓눌려 가라앉고
깨어 있는 채로 잠자고 있다.
이 세상에서 견딜 수 있는 아픔이 아니기에!
이웃에게 나쁜 짓 한 번 해본 적 없는 선량한 사람들.

살면서 누군가에게 돌 한번 던져본 적 없고
누구 한번 속여본 적 없는
나쁜 마음 한 번 먹어본 적 없고
어제 한 약속을 오늘 잊지 않는
'나다, 나밖에 없다'라고 가슴을 치지 않고
남이 불행하기를 원하지 않는
선량한 우리 민족은 왜 이런 참사를 겪어야만 하는가?
알라시여, 우리 민족은 왜 이런 모욕과 학살을 당해야만 하는가요?
이 모욕은 우리가 죄를 지어 받는 벌이란 말인가?

무고한 자는 범인이 되었고, 죄인은 무죄가 되는 세상!
이 아픔은 모든 민족의 마음에서 싹텄다.

아무도 이 아픔을 어떻게 삼켜야 될지 모른다.
약하기 때문에 당해야 하는 수치.
아무도 미래를 보지 못한다.

견딜 수가 없다.
힘이 없어 당하는 수치!
어제도 오늘도
버젓이 죄인을 앞에 세워두고 우리가 죄인이 되었다.
용감한 우리는 어디에 있나?
무고한 희생자들이 죽는 것도 감수해야 하는 걸까?
앞에서든 뒤에서든 우리를 도와주는 사람 하나 없다.
부끄럽다.
피 범벅된 희생자들 앞에서.

아, 괴롭고 고통스럽다.
시간은 물같이 흐르지만 그릇은 차지 않는다.
죄인, 살인자는 처벌받지 않고
너는 힘이 없다……
이 재판에서 우리 말이 아무리 맞아도
우리는 발언권이 없다.
살인자와 재판상은 모두 같은 편!

일함과 패리재

살인자의 만행을 견딜 수 없어
일함은 총소리를 듣고 밖으로 뛰쳐나갔다.
무차별 폭격
카오스 그 자체를 목격했다.
사람들을 깔고 지나가는 탱크
그가 소리쳤다.
―"솔다트,[35] 이놈들아, 뭐 하자는 거냐.
다 같은 사람이란 말이다.
총 한 자루 들고 있지 않은 사람들이다!"
솔다트들은 더 난폭해졌다……
일함의 마지막 절규였다.
총탄은 한순간에 일함을 관통했다.
그날 밤 패리재는 잠 한숨 이루지 못하고
일함을 기다리고 또 기다렸건만
그는 끝내 돌아오지 않았다.

운명의 기로
그녀는 안절부절 새벽까지
문밖을 서성거렸다.

---

35) 러시아어로 '군인'이다.

126

다음 날 아침……
날아든 비보.
죽음이 삶을 덮쳤다.

처음에는 받아들일 수가 없었다.
귀를 믿지 못했다.
믿어야 한다는 것을 알았을 때
벙어리처럼 말 한마디도 못 하고
동상처럼 딱딱하고 차갑게 얼어붙었다.
그녀는 비로소 알게 되었다. 인생 문은 닫히고, 타오르던 불은 꺼져버렸다는 것을.

　　　이틀 후……

집 안에서 홀로 아픔과 마주하던
새색시가 목숨을 끊었다.
무엇으로 이 사랑을 측량할 수 있을까.
아름다운 여인의 사랑
패리재, 너를 어떤 이름으로 불러주어야 하는가.
참사에 붙일 이름은 무엇인가.

행복을 파괴한 그 소식이 날아들기 전까지
소박한 집을 사랑하고, 아꼈던 너.
웨딩드레스가 해지기도 전인데
왜 이렇게 빨리 수의를 입은 거니?

너의 덕행이 우리를 침묵하게 하는구나.
시간은 너의 패기를 따라가지 못하는구나.
충실한 아내, 열녀의 상징
너의 자살에 어떤 이름을 붙여줘야 하나?
너의 목소리는 사라지지 않으리라.
너의 고귀함은 뿌리를 내리리라!
튀르크 여성, 배신이 판치는 이 세상에서
순결하고 아름다운 사랑을 실천했다.

어제와 오늘은 이렇게 살았다
우리의 과거는 오구즈, 튀르크
남편의 명예namus를 지키기 위해
부를라 하툰[36]은 자식도 희생한다.

할머니들이 살아온 그 터전, 그 방식대로
패리재도 이 강물을 마셨구나.
남편을 위해

---

36) Burla Xatun: 「현인 코르쿠트 이야기」라는 영웅 서사시에 나오는 카잔 칸의 왕비. 강
    인한 여성의 상징이다.

젊은 나이에 목숨을 끊었구나.

남편은 나라를 위해, 너는 남편을 위해 목숨을 바쳤다.
어떤 만남, 어떤 무대였나.
너의 작은 몸이
그렇게 큰마음을 가지고 있었는지 나는 몰랐다.

집 근처
'레일라'라는 장소에 쳐진 텐트[37]
'레일라'라는 결혼식장
첫 혼례는 그들의 결혼식이었다.

레일라의 슬픈 이야기
너는 이미 알고 있었나.
레일라의 죽음
어느 날 너도 레일라처럼 기억되리라.

사랑에 대한 찬사
너의 사랑, 순수한 가치!
오늘날 메즈눈의 레일라[38]는

---

37) 아제르바이잔에서는 장례식을 위해 텐트를 치기도 한다.
38) 「레일라와 메즈눈Leyli və Məcnun」은 튀르크 국가에 전승되어 내려오는 사랑 이야기
로 「로미오와 줄리엣」과 비슷한 이야기이다. 「로미오와 줄리엣」이 「레일라와 메즈눈」
에서 영향을 받아 창작되었다고 주장하는 학자들도 있다.

바로 너이다.

너의 봄은 왜 이렇게 빨리 겨울이 되었는가
바쿠는 이 참사로 검정을 입었다.
네게는 조상 할머니 니가르, 해재르,[39] 레일라의 피가
흐르는구나.

* * *

날카롭고 뜨거운 언어로 네게 전한다.
가여운 여인이여. 이 참사는 무엇인가,
너는 스스로 자신에게만 해를 입히지 않았다.
배 속 아이도 생명을 잃지 않았는가.

그 순간 너는 사랑에 대해
알라께 무엇을 빌었는가
남편에 대한 충직으로
자식을 버렸구나, 가여운 여인이여.

알라께서는 어려운 시기에 사람을 시험하신다.
한 번 행동으로 두 번 죄를 지었구나.

---

39) 니가르Nigar는 영웅 서사시 「코르오글루」에 나오는 주인공 코르오글루의 부인이고,
해재르Xəzər는 서사시 「카작 내비Qaçaq Nəbi」에 나오는 주인공 내비의 부인이다. 모
두 남편을 위해 희생한 여인들이다.

충직한 마음으로 아기를 배신한 죄
아기를 죽이고, 아기의 내일마저 죽여버렸다.
뜨기도 전에 감아야 했던 두 눈
미래에도 자리하려나.
그 눈을 통해 우리의 어두운 세상에 내일이 태어날 수도 있었고,
어두운 세상에 길을 열어주었을 거야.

내 조국의 헌신적인 여인이여
너의 비통한 충심……
너는 어떤 짓을 했나?
배 속에 있는 그 순결한 아기를
아직 태어나기도 전에 열사(烈士)로 만들었구나
우리에게 필요한 건 고통마저 견딜 수 있는 아들
시간은 새로운 열사와 마주하고
참사는 끝나지 않는다……
너를 어찌 비난할 수 있으리……
너는 피해자이고, 죄인이다.
이런 식으로 순국선열이 되는 것에 대한 다른 해석
시간은 약이라고 말하지만
아직 아무것도 해결된 것은 없다.
이것을 뭐라고 해야 하나?
경계를 넘어서는 순교는
두 배, 세 배 숭고한 건가?
남편에서 아내로, 아내에서 자식으로 이어지는 순교,

라리사

열세 살 아기
불쌍한 엄마는 어떻게 견디지
이 슬픔, 아픔을
묘지 위에 놓인 인형
오늘 너는 인형에게 자장가를 불러야 했는데
지금은 인형이 너에게 자장가를 부른다.
너도 인형이었다.
이 세상 시작지와 끝을
아무도 전혀 몰랐다.
누가 인형에게 총질할 생각을 할 수 있을까?
사격할 사람이 있었다.
인심, 자비(humanity),
타당성, 진실을
판 사람이 있었다.

어머니는 학교 가방을
묘지의 돌 위에 동여맸다.
왜 답이 없는가
학교 가자고 보채는 친구들이
너의 이름을 부른다.
애야, 아주 오래전부터 아무도 열어보지 않은

책, 공책들이 너를 기다리고 있다,
너를 기다린다, 학교 책상의 비어 있는 너의 자리를.

너의 짐은 왜 이렇게 무겁지?
아버지의 비명
어머니의 통곡
하늘도, 땅도 담을 수가 없구나
왜 깨지 않는 거냐
이렇게 소리치고, 시끄럽게 구는데도
너는 두 민족의 자식이었다.
우정을 나도 믿었다, 너도 믿었다.
너는 우정의 상징이었다.
이것조차 오늘 우리에게 과하다고 하는 거냐
너와 함께
우정을 죽인 것 같다.

쉬래이야 래티프의 딸

탱크가 가득 거리를 메운다. 완전무장한 탱크들.
전차에 타고 있는 솔다트들 눈에 담긴
우리에 대한 증오

양심을 버리고, 동정심도 버린 솔다트들
솔다트가 무장한 건 무기만이 아니다. 우리에 대한 혐오와
복수심으로 무장했다.
이제 이 도시 모든 것의 주인은 그들이다.
그들이 원하는 장소가 어디든 베란다, 창문, 문…… 총알을 무자비
로 퍼붓는다.
죽을 사람은 다 죽어라!
부엌에서 차를 끓이던 테라네의 할머니
갑작스러운 총소리!
77세
쉬래이야 할머니에게 창문에서 총탄이 날아들었다.
어느 날 난데없이 무고한 할머니는
피를 토하며 그렇게 떠났다.

바바 선생님

창문 앞에서 누군가 슬피 울고 있다.
―"도와주세요, 살려주세요."
바바 선생님은 놀라서 창문을 열어젖혔다.
문 옆에 누군가 쓰러진 것을 목격한 그는
전화기로 뛰어가

응급실에 전화하고
장소를 알려주었다.
집 안에 있는 붕대를 챙겨
부상을 당한 사람 옆에 도착했을 때였다.
피를 토하고 있는 그의 상처는 깊었다.
그는 상처를 붕대로 감아주었다.
이웃들이 주변으로 모여들었다.
그는 이 사람 저 사람을
붙들고 물었다.
―"어떻게 할까요?
죽어가고 있잖소?"

"응급차를 더 기다릴까?"
젊은이들이 모였다……
사람들이 서로 도와
가까이에 있는 병원으로 환자를 옮겼다.

바바 선생님은 지쳐서 집으로 돌아왔다.
총알들이 사방에서 날아다니고 있었지만
신경 쓰지 않았다.
총들이 탕탕거려도 겁내지 않았다.
갑자기 집 근처, 무슨 일이 생긴 걸까?
그는 멈추고, 여기저기를 둘러보았다.
땅이 흔들리나 싶더니

그가 쿵 넘어졌다…… 피로 범벅된 가슴

순간

구급차가 눈에 들어왔다.

구급차 불빛 때문에 주변이 환하게 밝아졌다.

이 구급차는 누구를 찾고 있는 걸까?

아, 이 차는

방금 그가 전화로 부른

구급차였다.

누군가를 위해 부른 구급차가

자신을 위한 게 될 줄이야……

우연의 일치일까.

구급차를 부르던 그가

어떻게 알 수 있었을까?

이 구급차에 자기가 실려 가리라는 것을.

의사도 소용없이

다음 날 그는 떠났다.

알렉산드르 마르헤브카

총 맞은 사람들이 땅 위에 널브러져 있다.

가여운 어머니들, 이 아픔을 어떻게 견디란 말인가?

탱크 밑에 깔린 사람들
의사 알렉산드르의 목소리

—"비켜요, 비켜주세요."
구급차 온다.
솔다트들, 재빨리 총을
구급차를 향해 겨눈다.
러시아 군인들이
환자들을 구하는 것을 좋아할 리 없다.
의사는 다만 자기 일을 하고 있을 뿐이다.
환자들의 맥박을 체크하고 있을 때였다……

탕탕탕…… 의사에게도 총격을 퍼붓기 시작했다.
러시아 군인들은 그렇게 더 이상 사람들을 구하러 오지 못하게
했다.
알라시여, 우리를 죽음의 신 애흐리맨[40]의 손길에서 보호하소서.
알라시여, 세상이 망하기 시작한 건가요?
알라시여, 인간이 악마의 노예가 되었나요?
원래부터 인간은 악마로 태어났나요?
사람들은 왜 명예를 팔았나요?
알라시여, 어느 나라에서 총을 쏘기 시작하나요?
구급차

---

40) Əhrimən: 조로아스터교에서 말하는 죽음의 신.

싸움

전쟁

모두 규칙들이 있고

원수든, 친구든, 환자라면 누구나

도움의 손길이 필요하거늘

공식 석상에서는 인권을 옹호하는 높은 사람들

다른 나라에 인권이 없다고

밤낮없이 비판하는 사람들

당신들의 인권은 이런 것이오?

당신들이 한 약속은 이런 것이오?

세계를 대상으로 장난치는 당신들

구급차를 사방에서

사격하는 것은 누가 준 권리인가?

상처를 붕대로 감는 사람들을 사격하는 것은 누구의 권리인가?

히다예트

약하기 때문에 자신을 죄인으로 생각한다.

이런 모욕을 참는 것을 수치라고 생각한다.

멀리 가르다바니[41]에서 바쿠 참사 소식을 들은 히다예트는

펑펑 울었다.

나무에 조기(弔旗)를 매달았다.

조지아에 사는 튀르크 민족들은

며칠이고 애도했다.

'도움'을 달라고 꾸준히 멀고 가까운 시골들에

히다예트는 전화를 걸었다.

가르다바니, 보르찰르[42)]

히다예트의 노력은 온 나라를 뒤흔들었다.

순국선열들의 40일을[43)] 애도하는 데 최선을 다했다.

사람들은 묘지 옆에서 손을 올리고 천 번 "천벌을 받을지어다"라고
외쳤다.

장님은 신의 수레바퀴를 보지 못하는 것이니……

그는 전사자들의 이름을 하나씩 읽어 내려갔다.

묘지들이 자신을 원망하는 것만 같았다.

깡패들이 바쿠를 구름같이 가득 메웠을 때,

우리가 간절히 너의 도움을 필요로 할 때

너는 어디에 있었어?

말해, 어디에 있었어?

조국이 이 지경이 될 때, 어디에 있었어?

하늘을 나는 새였던 우리는

사냥꾼에게 낚여버렸다.

---

41) Qardabani: 조지아의 도시.

42) Borçalı: 조지아의 튀르크인 거주 지역.

43) 아제르바이잔에서는 이슬람 풍습에 따라 사람이 죽은 뒤 40일이 되는 날 추모제를 지
낸다.

마음속에서 들려오는 소리

내면의 소리

복수를 부르는 소리

그는 흠칫했다.

머리에 불이라도 난 것 같았다.

마음이 갈가리 찢어지는 것만 같았다.

사진들도 자신을 쏘아보는 것만 같았다.

마음속 죄책감

이 시선들을 견딜 수가 없었다.

'그들이 맞다'

나도 이 나라, 국가의 아들인데

나도 그들과 이상(理想)이 맞는 사람인데

나는 왜 미리

소식을 듣지 못했을까.

그 끔찍한 밤을 왜 미리 알지 못했을까.

그 순간에 그들과

함께하지 못했을까.

짓밟힌 장미들을 내 가슴으로 지켜주지 못했을까.

부끄러움 때문에 마음이 타는 것만 같았다.

약하다는 것이 고통으로 다가와 더욱 숨이 막혔다.

마음속에서 질책하는 소리가 귀에 울려왔다.

다음 날 아침 그는 바로 가르다바니로 돌아갔다.

히다예트의 아들 위가르가 마중 나왔다.

위가르[44]는 알지 못했다.

아버지의 자존심은 이미 산산조각이 났다는 것을.

위가르의 갸륵함과

히다예트의 슬픔이

서로 마주하고 서 있었다……

아들이 앞으로 다가오자, 아버지는 뒤로 물러섰다.

아버지는 아들의 얼굴을 쳐다보지 못했다.

수치심 때문이었다.

아들은 이유를 알 수 없었다.

아버지는 마음속 시위 소리를 들었다.

'나 자신이 남자답게 살려고

아들의 이름을 자부심으로 붙여주었다.'

그 남성, 그 자부심은 어디로 가버렸나?

짓밟힌 자존심

뿌리까지 밟힌 자존심

민족의 근본까지 밟혔는데

이런 모욕을 참아야 한단 말인가?

히다예트는 새벽까지 잠을 이루지 못했다,

시간을 두고 이성으로 저울질해보았다.

시간이 가도 감정과 이성이 들어맞지 않았다.

저울은 균형을 찾지 못해 허둥댔다.

---

44) Vüqar: 아제르바이잔에서 많이 쓰는 남성 이름으로 '자부심'이라는 뜻이다.

시간과 꿈

이성과 감정

싸움에 마음이 답답했다.

그에게 시간은 기회를 주지 못했다.

동이 트기를 기다리지 못하고

새벽이 오기도 전, 이 졸렬한 세계에서

그는 떠나갔다.

그의 자존심

그를 살도록 허락하지 않았다.

열사(烈士)

약소 민족이라는 수치심이

그를 죽게 만들었다.

가장 명예롭고 숭고한 죽음이다. 민족 열사……

순국선열은 여러 가지 모습으로 이어진다.

아가배이

나를 용서해주세요. 사랑하는 사람들이여,

나는 아제르바이잔의 독립을 위해 싸울 수 있는

힘도, 능력도 부족합니다.

그러나 독립된 아제르바이잔만은 영원하길!

아가배이

토요일 밤 참사를
아가배이는 견디지 못했다. 피를 토하며 그는 울었다.
젊은 열사들의 피
애도할 뿐

그의 마음이 달아올랐다. 상처받은 조국에
충심이 남아 있다는 것을 매일 보여주고 싶었다.
그러나 그럴 수가 없었다.
힘없는 자의
고통도, 수치심도 자신의 몫이었다.

그는 모든 것, 악도 끝이 있다고 생각했다.
마음속 시위 소리도 더 이상 들리지 않았다.
5개월을 기다렸고
압제를 끝내는
독립과 정의의 승리 소리를 기다렸다.
그가 기다리는 날은 오지 않았고
수치심은 가슴에 못을 박았다.
기다림에 지친 그는
어느 날 스스로 목숨을 끊었다.

그의 힘은 오직 자신만을 죽일 수 있었다,
그는 이것이 자신의 고통을 치료하는 최후의 약이라고 여겼다.
이렇게 죽음으로 조국에 진
빚을 갚았다고 생각했다.
아가배이는 조국의 '희생자'처럼
마음속으로만 '순국선열'이 되었다.
그는 이 참사
희생자들을 위한 열사가 되었다.

순국선열의 의로운 죽음은 이어지고 있다.
눈앞에서 계속되고 있다.
아가배이는 이렇게 자기 죽음으로
살아 있는 시체들에게 경고했다.

……조국의 고통을 참지 못하여
너는 스스로 목숨을 끊었구나.
아들아, 너는 뒤를 돌아보지 말고 앞만 보고
이 조국을 위해 살았어야 했다!

너처럼 성실한 인재를 잃어버렸다니
우리 조국은 너 같은 인재가 필요하다.
목숨을 끊다니
목숨을 공짜로 주었단 말인가!
너에게 무슨 말을 해야 하는가?

대부분이 압제 앞에서 눈을 감았지만,

너의 양심은 말했다.

민족의 살인자를 벌하기를 기대했건만

너는 양심 때문에 스스로를 죽였단 말인가.

이 본성은 어디에서 왔는가?

네가 꾸었던 꿈은 무엇인가?

너를 수치심 때문에 죽게 만든

그 심성을 위해 절해야 한다!

너의 심성이 가진 피 한 방울이

천 명의 철면피보다 훨씬 소중하다.

너의 마음속 시위 소리가

온 세상을 뒤흔들었겠구나.

그 심성으로 네 조국을 위해

자기 자신을 희생했단 말인가?

아들아, 고통을 치료하는 약이 고작 이것뿐이더냐?

모든 상처에는 천 개가 넘는 치료약이 있다.

조국이 희생자를 필요로 한단 말인가?

조국은 군인을 필요로 한다.

아직 애국심과 순교는 끝나지 않은 것 같다.

우리 눈앞에서 아직도 꾸준히 이어지고 있다.

아가배이는 죽어서

시체처럼 살아 있는 사람들에게 경고했다.

게오르기 란티코비치[45]

아르메니아인 게오르기는 말했다. 진실이야.
그는 선과 악을 구분할 줄 알았다.
압제를 참지 못했다.
그는 진실을 수호하고, 정의를 믿는 사람!

"진실 앞에서 항복했다." 그는 말했다.
질서를 바로잡고자 했다.
자기 민족을 위해 진실을 버리지도 않았다.
그는 민족이라는 경계를 넘어섰다.

아르메니아인들과 갈등이 생기자
그는 예레반[46]에서 행해지는 의미 없는
자기 민족의 만행에서 벗어나
인권을 위해 일하고자 했다.

그는 왼쪽의 권리를 오른쪽에 내주지 않았다.
모든 나라들을 진실로 대하고자 했다.

---

45) Georgi Rantikoviç(?~?): 아르메니아인으로 퇴역 조종사였다. 당시 아르메니아인들
   이 아제르바이잔 사람들에게 행한 부당하고 잔인한 행위를 받아들일 수 없어 스스로
   목숨을 끊었다.
46) Yerevan: 아르메니아의 수도.

146

게오르기는 옳지 않은 행동을 참지 못했다.
그의 시위 방법은 자살이었다.

늑대와 양이 같은 자리에서 풀을 뜯을 수 있다.
—진실이 당연시되고
대의도 소망도
정의 앞에서 머리를 조아릴 때, 그때.

복수심, 미움, 반감에서 벗어나
진실을 당연시 여기는 사람들에게 박수갈채를 보내자.
—민족성을 버리고 정의를 추구하는 사람들
인류애를 추구하는 사람들에게도.

***

더 얘기해볼까? 아니 아니다!
이 고통을 버틸 수가 없다.
참사는 모두 나쁜 것
이렇게 말하는 게 무슨 죄란 말인가.
이분은 열사라고 할 수 없다.
죄가 뭔지도 모르는 불쌍한 희생자일 뿐.
그럼 순국선열은 누구란 말인가?
총으로 무장하고 총 한 자루 없는 사람을 공격했다!
누가 누구에게 항복했니?

이 총이 없는 인간들이 꽃에 숨기라도 했단 말인가?

죄라도 지었나?

누가 누구를 살해했단 말인가?

총으로 무장한 사람과 총이 없는 사람이 싸울 수 있다는 게 말이
되는가?

탱크 앞으로 그들은 이렇게 쏟아져 나왔다.

총알 앞에 맞선 강철 가슴

그들에게 마구 퍼부어댄 총탄.

잔인한 건지, 미친 건지 알 수 없었다.

총을 들지 않은 사람들을 총으로 진압한 사람들

우리 열사들의 순수함은

그들의 허위 영웅성을 제압했다.

살인자들은 대가를 치르지 않았다.

대가는커녕 '아니야, 우리가 정당해' 라고 주장했다.

사람들 머리에 불을 지르는 것이 정당한 행동이었단다.

80대 할머니, 열세 살짜리 어린이를

총살하는 것은 정당한 것인가?

없는 죄를 피로 씻기 위해

우리의 주권을 지키기 위해

죄 없이 피를 흘려야만 했는가? 정당함이 이것인가?

힘센 사람의 손으로 정당한 사람 손을

꺾는 것은 정의인가?

이성적으로 생각해야 한다.

알라시여!

살인자를 또 우리가 믿어야 하나?

그들이 만든 새로운 합법적인 국가는 이것인가?

그들이 약속한 독립과 행복은 이것인가?

이 불법이 법이었단 말인가?

우유는 요구르트로 변했는데, 나라는 변한 게 없다.

이 합법적인 나라가 우리에게 준 권리와 주권

우리는 알지 못했다.

법치국가, 이것이 법인가. 정말 몰랐었다.

다른 나라에서는 살인자는

그 나라에서 추방한다.

너의 나라에서 너는 죄 없는 사람들을

재판 없이 살해할 수 있단 말인가.

너는 그들 모두를 '극단주의자'라며

짓밟는다.

이렇게 큰 세계

모든 민족들이 '극단주의자'란 말인가?

모든 사람들이 행복과 기쁨에 취해서 살고 있는가.

진실을 정당하다고 여기고

정의를 위해 민족성을 실현하는 분들

인류애로 승화하는 분들에게 박수!

순국선열

살인자의 총에 맞아 희생되는 순간
의사(義士)들은 내일을 쳐다봤다.
자신의 피로 물든 삼색 국기
조국 땅에 묻힌 순국선열들

폭력으로 물든 압제
천 개의 비방, 천 개의 악
진실을 위한 죽음
열사(烈士)들은 죽음을 영혼으로 불렀다.

그 토요일 밤, 살인이 벌어지던 날,
불가능한 것이 가능한 것으로 되었다.
민족의 마음에 있는 공포의 집을
그날 밤 열사들은 산산조각 박살 내버렸다.

역사를 보호하고자
그날 우리도 한주먹이 되었다.
우리 마음속 노예는 사라지고
열사들은 용기의 집을 지었다.

그들이 침묵했던 진실을 말하게 하여

검은 영토의 가치를 드높이고
얼어붙은 양심들을 녹게 만들어
열사들은 조국의 애국심을 고양시켰다.

모든 어려움을 겪고 참았다.
'이 세계에서 나도 권리가 있다'고 외쳤다.
민족을 팔아버린 계약서
순국선열들의 피로 물들었도다.
사람은 자신의 자유의지로 사람이 되고,
민족은 선과 악으로 갈려 민족이 된다.
조국 땅을 온통 덮은 시신들
순국선열들이 독립의 씨앗을 뿌렸다.

나오는 말

1월 20일 산부인과들은
죽음, 학살, 아무것도 알지 못했다.
바쿠의 그날 밤 이후
죽음과 삶은 서로 얼굴을 맞대고 있다.

총소리, 아기 울음소리

다행히도, 모두 삼켜버린 그날 밤!
열사(烈士), 의사(義士)들이 비워낸 그 자리를 채우고 있다.
제발 다시는 이런 일이 없기를.

떠나간 아들들, 그들이 흘린 피들
타들어가는 심장에 물을 뿌린다.
그 토요일 밤에 태어난 아이는 열 명
아홉이 사내아이이다.
압제자의 승리는 원래부터 실수였다.
시간이 흐르기를 우리도 기다릴 것이다.
세계가 우리 힘을 알아줄 그날.
기다리고 또 기다릴 것이다!

1990년 3월 6월, 바쿠-섀키.

다채로운 꽃 Əlvan çiçəklər

행복이란 무엇인가?

내시르 사득자대[1]에게

행복은 무슨 뜻인가? 이 질문에 대한 답을 찾기 위해
정말 많은 노력을 했지만 답을 찾지 못했다.
행복은 무엇인가?
학생이었을 때는 졸업하는 것이라 생각했다.

학교를 졸업하고, 취직도 했다
행복이란 이것이란 말인가? 아니다. 그럴 리 없다!
위인전을 읽어도 보고
사랑을 행복이라 여기기도 했다.

사랑을 했다! 밤낮을 양초처럼 태웠다.

---

1) Nəsir Sadıqzadə(1926~1996): 연극·영화 연출가. 배흐티야르 와합자대의 여러 작품
을 무대에 올렸다.

고통······ 눈물······ 천 번의 피를 토하는 고통.
나는 그래도 행복을 찾지는 못했다
사랑의 고통들이 달콤했다 해도······

허전함에서 벗어나기 위해 결혼을 했다.
그 달콤한 고통들도 끝이 났다.
하루하루 고민들이 많아졌다
다시 묻기 시작한다.
—행복아, 너는 도대체 어디 있는 거니?

행복은 저 멀리 하늘······ 손이 도달하지 못하는 곳에서
우리에게 손짓하고 있다.
우리 소원을 모두 품어내지는 못한다.
행복, 너는 다가갈수록 내게서 멀리 달아난다.

가까운 곳, 먼 곳 모두 구경했고
검정과 흰색도 구별할 수 있다.
높은 산은
멀리서 보아야 잘 볼 수 있다는 것도 알게 되었다.

허전함에서 벗어나기 위해 결혼을 했다.
그 달콤한 고통들도 끝났다.
그 이후 하루하루 고민들이 많아졌다.
나는 다시 묻고 있다.

—행복아, 너는 도대체 어디 있는 거니?

아마 행복은 이것인 것 같다.
'어디야, 어디, 여기로 와'라고 손짓하는 것.
행복은 평생
무언가를…… 기다리는 것…… 기다리는 것이다.

나는 어려움 속에서 행복을 발견했다.
꿈에서 현실로 돌아와
누군가에게…… 뭔가에…… 어딘가에…… 나도
필요한 존재라는 것을 알게 되었을 때.

빛이 되라! 더 많은 빛을 발산하라.
어디서든 인생의 검은 어두움을 밝혀라.
내 생각에 행복은, 빛이 되어 남을
밝혀주는 사람들의 몫이다!

1962년 4월

내 어머니에게 바치는 시들

1. 순간-천년

어머니가 돌아가셨다!
마지막 목숨,
마지막 흐느낌,
마지막 감탄사!
우리에게 안녕이라고 했다!
한 시간 전
느끼고,
이해하는
한 사람은
침대에서 돌이 되었다.
비움 방향으로 흐르는
흐름에 합류하셨다.

어머니의 죽음이
한순간에 지나갔는데,
그런데 그는,
사람이었는데도 돌이 되어
자기를 부정했다.
한순간에

그는 우리에게서
천 년 멀어졌다.
시간은 우리를
이 죽음들,
죽음들 뒤에서,
비웃는 것 같다.
누가 시간을
시계로 잴 수 있다 했나?!

    2. 묘비

어머니를 묻었다.
줄줄 눈물을 흘리면서
어머니를 보냈다.
그날 묘지 앞에는
어머니 대신 묘비가 서 있었다.
묘비는 어머니였다.
그늘만이 그 곁을 지키고 있었다……
어머니가 정녕 돌아가셨단 말인가?
이제 어머니는 이 세상에 없는 것 같았다.
돌들 위에 새긴 글들은
사람을 구별한다.
다른 사람들과.

3. 시간

한 달이 지났다. 딱 한 달
어느 날
공동묘지를 찾았다……
우리 어머니 말고,
어머니 묘비를 만나기 위해.

내 눈을 믿을 수가 없다.
뭔가 놀라움의 파도가 가슴속에서 지나갔다.
기억이 난다……
어머니를 묻던 날
어머니 묘가 마지막 묘였는데
지금은 오른쪽, 왼쪽이 묘지로 가득 차 있다.

4. 오늘은 7일째

어머니가 돌아가셨단 말인가?

왜 이렇게 빨리 이 세상에서 손을 뗐단 말인가?
자식을 혼자 남겨두고 어머니 어디 가셨어요?
사람이 이토록 한순간에 사라질 수 있다니.
이 세상에 전혀 없었던 사람 같다.

해는 졌다…… 방은 어두워졌다,
어머니는 한순간에 감쪽같이 사라졌다.
생각해본다. '우리에게 남은 것은 뭐지?'
내 마음속 어머니에 대한 기억은 검은 점같이 남았다.

나를 키우신 어머니
우리는 늘 어머니에게 빚이 있다고 생각했다.
나를 이 세상에 낳아주신 어머니.
나는 이제 어머니를 이 세상에서 배웅했다.

요람에 누워 있는 내게 자장가를 불러주셨던 어머니
오늘 나도 어머니에게 자장가를 불러드려야 하나?
어머니의 달콤한 자장가들
어머니 장례식에서 돌려드려야 하나?

'좋은 꿈 꾸거라.' 어머니는 내게 속삭이셨다.
'어머니, 좋은 꿈 꾸세요.' 나도 지금 그렇게 속삭여야 하나?
가능하다면 그때로 돌아가고 싶다.
어머니는 나를 살리기 위해
재우셨다.
어머니, 저는 어떻게
오늘
죽음을 위해

어머니를 재울 수 있지요?
우주의 법칙이란 무엇인가? 도저히 모르겠다.
모양도, 색깔도 다양하고.
어제는 따뜻한 숨결로 덮혀주던 어머니가
오늘은 얼음처럼 차가운 돌이 되어버리다니.

이 세상은 뭔가?
인류의
꿈은 하늘에 닿아 있고, 몸은 땅을 밟고 있다.
살아 있을 때는 어깨에 삶의 무게를 짊어지고,
돌아갈 때는 시신 되어 남의 어깨에 매달려 간다……
어떤 세상인가, 어떤 세상.
죽음이 진실이고, 삶은 꿈인가.

고통도, 슬픔도 어머니 당신과 나누었는데
왜 이제 나를 외면하시나요?
'너의 아픔은 곧 내 것이야'라고 했잖아요.
왜 나의 아픔에 슬픔까지 더해주세요?……

어머니, 당신은 한 번도 나에게 고통을 주시지 않았어요.
어머니,
당신에게 고통을 드린 건 바로 저예요.
이제 나는 누구에게 고민을 털어놓아야 하나요?
집의 모든 공간에 어머니, 당신의 빈자리가 가득합니다.

내 눈빛은 어머니를 찾고 있어요. 어머니, 어머니.
'할머니가 어디 계시지?' 아기 아제르[2]가 묻네요.
어머니, 아기에게 뭐라고 답을 해야 하나요?

모르겠다, 모르겠다. 이 죽음이 무얼 말하는지.
삶은 뭐고 죽음은 무엇인가?
어머니의 숨결이 아직도 집을 가득 메우고 있다,
그런데 땅 밑에 돌이 되었다니.
오늘로 7일째…… 내 어머니의 7일째.
우리처럼 방도 운다.
어머니, 오직 어머니에게만 털어놓을 수 있는
많은 말들이 마음속에 가득하다.

'오늘 7일째 날에 누구누구를 초대할까?'
이모, 누나들이 물어온다.
어머니에게 물어보자, 어머니는 아시겠지.
어머니 방 쪽으로 나는 걸어갔다.

어머니를 땅에 묻는 날
이 죽음은 마치 영화 같기만 했다.
어머니는 내 뒤에 서 있는 산 같았다.
내 뒤로 산이 날아온 것 같았다.

---

2) 망자의 손자 이름이다.

어머니, 당신의 이름은 내 딸의 이름.

눈에 넣어도 아프지 않을 딸.

어머니는 마지막으로 날 보고 우셨다.

내 모습을 담은 어머니 눈이 묘지로 갔다……

어머니는 인생을 60세에 마무리했건만

이제 내 나이도 60세 언저리.

이제 어머니를 위해 멈추었던 시간은

나를 위해 돌고 있다……

하루는 밤이 된다.

시간은 흘러 나에게서 멀어진다.

나는 어머니, 당신에게 매일 가깝게 가고 있어요.

1963년 2월

지성-눈

지층

하늘에 난 층위

생각이 때로는

눈앞에서 막이 걷히듯 열린다.

제일 작은 것- 원자, 전자
제일 큰 것은 우주.
이것도 저것도
눈으로는 볼 수 없다.
몇 세기가 이런 식으로 지나갔다.
자연이 선사한
시력(視力)은 얼마나 무력한가……
사람은
미세한 것도
거대한 것도
볼 수 있기 위해 많은 노력을 했다……
새로운 눈을 만들었다.
현미경을 만들었고
망원경을 발명했다.
많은 신념들이 붕괴되고,
많은 환상들이 조각났다.
이번 세기
지성은 새로운 눈을 창조했다.

1963년 8월

나는 아제르바이잔의 아들이다

나는 아제르바이잔의 아들이다
불을 '알라'라고 여긴다.[3]
어머니는 땅,
아버지는 불,
나는 불에서 태어났다.

불같이 따뜻하고,
홍수만큼 세차다.
인류만큼 오랜 역사
땅만큼 가치가 있다.
불처럼 타오르고
물처럼 꺼뜨린다.
내가 연소되고
물에 잠긴다 해도
그래도 나야, 나는 나다!

뿌리 위에서 자랐다,
명예가 있고,

---

3) 아제르바이잔은 이슬람교를 받아들이기 전에 조로아스터교 전통을 가지고 있었는데, 이슬람교를 받아들인 후에도 그 전통은 계속 유지되어 불을 숭배하는 의식과 풍습이 여러 곳에 남아 있다.

자부심이 있다.
나는 미래에도
나 자신이다.

나는 아제르바이잔의 아들이다.
말 위에서 태어났다.
시간의 용광로 속에서
몇 번이고 산이 되었다.

나의 혈관은
강력한 홍수처럼 콸콸 흐른다.
어머니는 나를 포대기에 단단히 싸매고
말 등에 태워 키우셨다.

나는 아제르바이잔의 아들
천 년 동안 이름을
지켜오고 있다.
나는 총이 없을 때도
분노를 화약 삼아
마음에 채웠다……

용맹함을 입증하기 전에
나는 이름 없이 살았다.
현인(賢人) 코르구트께서 나에게 이름을 주셨다.

용맹함에 대한 선물이다.[4]

내 인생길을 빛으로 밝혀주시고
내 손에 용기를 쥐여주신
존경하는 스승님
내 이름은 용맹함을 안고 생겨났고
나의 영웅성이 이름이 되었다.

나는 아제르바이잔의 아들이다.
나이는 내 이름보다 오래되었다.
살면서 한 번도
겁쟁이를 '사람'이라 한 적 없다.

남의 땅에
나는 관심 없다. 그 점은 세상이 알아주기를.
그래도 내 땅은 한 조각도
타인에게 내줄 수 없다.
오래된 노래 마니아
다양한
나의 멜로디는 카라바흐[5]

---

4) 튀르크 민족들의 영웅 서사시에는 남자 영웅이 자신의 용맹함을 입증하고 나서 이름을 받는 모티프가 나온다. 「현인 코르쿠트 이야기」에서도 젊은 주인공 남자는 용맹함을 보여주기 전에는 이름 없이 살다가, 영웅성을 입증 받고 나서야 현인 코르쿠트에게 이름을 하사받는다.
5) Qarabağ: 국제법상 아제르바이잔의 영토이다.

가사(歌辭)는 나히체반.[6]
이 땅에서 만들어진
코르오글루의 명마(名馬) 젠기,[7]
명마의 등자(鐙子)!
나는 나 자신에게 반하지 않았다,
나는 기쁨도
분노도
슬픔도, 아픔도…… 느껴보았다.
사비르[8]의 눈물로
자신을 비웃기도 해보았다.

첸리벨[9]에서 나와
오솔길을 즐기다
넓은 길로 접어든 적도 있다.
첸리벨보다 더 깊은
산을 오른 적도 있다.[10]

나는 매일 높아져도

---

6) Naxçıvan: 아르메니아와 이란 사이에 있는 나히체반 자치공화국의 수도.
7) Cəngi: 튀르크족의 영웅 서사시 「코르오글루」의 주인공인 영웅 코르오글루가 타는 명마 이름.
8) Mirzə Ələkbər Sabir(1862~1911): 아제르바이잔의 유명한 풍자시인.
9) 영웅 서사시 「코르오글루」의 배경이 된 공간.
10) 영웅 서사시 「코르오글루」에서 주인공 코르오글루가 세상을 평정하기 위해 고향 무대인 첸리벨에서 추종자를 이끌고 원정을 떠난 것을 의미한다.

어제의 정상에는
아직 너무 '못 미친다.'
역사의 그늘에
숨는 민족에겐
내일이 없다!……

어떻게 해야 하나…… 시간은
운이 나쁜 길 위에
두 개로 나뉘었다.
머리는 두 개면서, 심장은 하나인
몸으로 변했다.

태브리즈, 바쿠는
나의 메카이며, 메디나다.
오늘은 여권 없이 사는데
두 개로 나뉜 조국에서 사는 아제르바이잔의 자식들,
카파르,[11] 앨리,[12] 매디내.[13]

발라쉬,[14] 우리 둘 다
같은 어머니의 아들이다.

---

11) Qafar Sarıvəlli(1925~1997): 남부 아제르바이잔 출신의 학자.
12) Əli Tudə(1926~1996): 남부아제르바이잔 출신의 시인.
13) Mədinə Gülgün(1926~1991): 남부 아제르바이잔 출신의 여성 시인.
14) Balaş Azəroğlu(1921~2011): 남부 아제르바이잔 출신의 민족시인.

우리는 아제르바이잔의 아들이다.
우리 둘 다 원래부터
같은 소원을 빌었지.
우리는 나라도 같고,
언어도 같다.

우리의 조국은 하나다.
우리의 어제는 같다,
우리는 같은 조국에서 태어났건만
오늘 갑자기 다른 나라 사람이 되었다.
우리들의 운명이
왜 이렇게 달라진 거지?
나의 꿈, 사랑
늘 나 자신보다 우선순위에 있다.
아제르바이잔 국기는
내 머리 위에 있다!……

내 마음, 내 사랑
내 피의 색을 담은 국기
내 모든 소원을 담은
붉고 연약한 국기
이 세상에서 무엇보다
명예와 자부심이 드높은 너,
시간이 흘러도

나는 너를,
늘 머리 위에 모셔두었다!

1966년 11월

무엇이든 자신이 되어라

우리보다 후에 시(詩)로 오는 분
험난한 여정에 행운을 빕니다!
당신들의 사랑은— 미래
나이는— 내일
마음은 밝고, 생각은 새롭다!

용감하라!
광장에서 용감하게 행동하라
명예, 이름에 속지 말고.
우리 시(詩)의 어제같이
내일도 장대하고 명예가 있으리니!

존경심을 가지고도
'스승님 가신 길에서 나는 너무 멀리 있다!' 자책한다.

어제 아버지에게 '앞을 보세요!' 했던 사람도
오늘은 자식에게 '뒤를 보라!' 한다.

우리는 언젠가 아버지에게 이런 말을 한 적이 있다.
'우리에겐 모두 자기만의 인생이 있어요!'
이제 우리는 아들에게 이런 말을 한다.
'쓸데없이 개척자가 되려고 하지 마라!'

취향, 느낌, 매 순간 변한다,
세대들이 오고 가면서.
원래 그렇다. 자식들에게
아버지가 투정을 부린다.

"얘들아, 현실은
까마귀도 땅을 좋아하지 않는다.
아들은 아버지를, 딸은 어머니를,
며느리는 당연히 시어머니를 좋아하지 않아……"

아버지는 언젠가 말씀하셨다.
지금 우리는 자식들에게 말한다.
아들은, 옛날 책에 나오는
옛 구절과 현실의 차이를 지우는 사람이다!

아버지는 먼저

자식의 느낌으로 사는 사람이다.
자식은 어깨에
아버지의 고민을 메고 다니며 사는 사람이다.

여러분, 우리 이후 시(詩)로 오는 분들
이 험난한 여정에 행운을 빕니다.
사랑은— 미래,
나이는— 아침,
마음은 밝고, 느낌은 새롭고!
이 새로운 길에서 도망가는 사람으로
한마디 해보겠소.
사즈[15]로 이상한 소리를 만들어
가짜 소리를 내는 젊은이들도 있다.
남의 닭장은 '성-솔로몬'
자기 것은 '닭장'이라고 하는 사람들

이들에게 딱 한 마디 할 말이 있소.
'남의 집 할바가 더 맛있어 보여'[16]
그래서 도망가는 것이오. 천 년 역사에서 도망이라니!
남들을 따라 하지 말고 새로운 길을 여시오!
깊이 느끼면서 말하시오.

---

15) saz: 아제르바이잔의 전통 현악기.
16) '남의 떡이 커보인다'는 뜻의 아제르바이잔 속담. 할바halva는 매우 단 음식으로 아제
르바이잔에서 디저트로 먹는다.

살면서 봤던 후진성
풍습 때문이라고 생각하지 마시오!
왜 과거를 옛것이라고 생각해
친아버지에게서 도망가서
왜 남의 아버지들을 모시는가?

뿌리를 비웃지 마시오, 큰 실수요!
풀은 뿌리 위에서 자라니 잊지 마시오.
아버지를 옛사람이라고 버리지 마시오.
남을 자기 아버지라고 생각하지 마시오!

남의 과거는 본받고 싶어 하면서
우리 전통은 왜 짐으로 여기는가?
이해가 안 간다, 언제부터
남을 흉내 내는 것이 새로움인지?

모든 옛것, '이것이 뭐냐고' 비난하면서
비웃으면 우리 후손들이 뭘 얻을 수 있을까?
고향도, 민족도 옛것이라
새로운 것을 찾아야 하나?

그럼 그때 누가 우리에게 좋다고 할 것인가?
옛것이 다 나쁘지는 않다. 새로운 것이 다 좋지도 않다!
레프[17]는 뭐라고 하는가?

그 옛날의 대단한 사람도
남의 강에서 물을 마시지 않았다.
대단한 성공을 거둔 그 사람도 단 한 번도
자기 음악을, 옷을 바꾸지는 않았다.

'새로운 길'이라 소리치지 마시오.
전문가의 길, 길은 하나인가, 백 가지인가?
길 없는, 오솔길 없는 진짜 전문가를 본 적 있는가?
마음이 들려주는 것을 써라
길이 당신을 찾을 것이오.

괜히 마음을, 머리를 복잡하게 하지 마시오!
가짜 길을 만들지도 마시오!
새로운 것을 만들기 위해 아무거나 쓰지 마시오!
시를 쓰는 것도 용기
내리는 것 자체를 위해 오는 비는
산에도 밭에도 아무 소용이 없다오.

마음, 느낌에 늘 의지하시오.
한 가지 더…… 지난 세월의 다양한 경험 소리도
영감은 그 어느 순간도 옛것이 아니오.
내면에서 보내는 소리는 언제나 새로운 것이오!

---

17) 러시아의 작가 톨스토이를 말한다.

무엇이든, 자기 자신이 되시오!
그 순간 당신은 새로워질 것이니
누군가를 흉내 내는 순간 당신은 옛것이 될 것이오!
무엇이든 자기 자신이 되시오. 옛날 것들을 붙잡으시오!
어제를 의지하고, 오늘을 붙잡으시오!

1966년 12월

질문이 있으면, 답도 있다

수영을 못 하는 내가 깊은 물에서 수영할 수가 있을까?
나는 얕은 바다에서만 헤엄친다.
깊은 바다는 공포이다.
나는 알고 있다.
깊은 곳은 무섭다.

나는 마음속 깊은 곳에 들어가는 것을 무서워한다.
거기서 꽁꽁 얼어 돌처럼 굳은 막들을 들어 올리는 게 겁난다.
막 하나를 들어 올리면 그다음에 또 다른 막이 나온다.
침묵의 막이 걷히고 그리고 인도한다.

평안함, 심연 깊은 곳 수천 겹을 지나 만나는 안도감.
큰길에서 갈라진 오솔길, 그 길에서 안녕!
꽃 한 송이 따기 위해 견뎌야 하는 난관
꽃 앞을 버젓이 지키고 서 있는 관목에게도 안녕!
두렵다. 소원이 나를 매일 속이고
와인은 나를 취하게 만든다.
더구나…… 내 마음 바다의 심연 끝없는 곳
무슨 뜻인지, 한순간에
불처럼 확 타오르는 느낌
내일의 참사는 오늘 어디론가 흘러
마음으로 스며드는 이것.

이 작은 느낌, 왜지?
왜 이성은 작동하지 않고, 왜 마음으로만 파고드는 걸까?
우리는 예감을 알고 있다. 이 느낌의 원인 제공자만 모르고 있을 뿐.
우리는 불이 붙어 산화할 것이다. 우리에게 불을 붙인 사람만 모르고 있을 뿐.

이 느낌은 분명하다.
그렇다면 누가?
왜 운명은 내게 미리 알려준 거지?
이 예감은 운명인가.
나에게 알라께서 깨달음으로 보내셨나.

꿈에서 보는 것은 다음 날 실재(實在)가 된다,

오늘 이슈들도 내일 잊힌다.

40년 전에 발생한 사건도 방금 일어난 것 같다.

왜 멀리 있는 것은 가깝게 느껴지고, 가까운 것은 멀게 느껴질까.

무슨 뜻일까?

놀라운 질문에는 답이 없다.

나의 느낌, 생각을 조각 작품으로 빚어내

동상(銅像), 우상(偶像)

그 앞에서 얼어붙은 듯 마주 서서

하나하나 내 손으로 어루만지고 싶다.

그들의 통곡 소리를, 울음소리를 들어보고 싶다.

이 감정에서 느껴지는 모든 것을

온전하게 전체로 확인하고 싶다.

세상은 하나인데, 여러 가지 차원이 있다.

인생에도 3단계가 있다.

어제는 죄

오늘은 고통

미래는 죽음.

세 단계 모두 인간이 자기 자신에게 주는

고통이고, 폭력이다.

죄는 옛날 것이다. 우리는 잊고 산다.

우리는 모두 죄인이다.

그때부터 물은 계속 흐르는데도 더러워신나.

하나님은 천국에서 인간을 쫓아냈다.

그래서 인간은 자신의 생명을 주관할 수가 없다.

인간은 사탄의 음모에서 벗어나지 못한다.

우리는 두 손을 모아 기도할 뿐이다.

옛날 죄명에 새로운 이름들을 지어줄 뿐이다……

하나님은 무엇보다 먼저 땅을 창조하셨다.

피조물 인간이 먹을 것이 있어야 하시면서.

자연과의 조화, 어울림, 균형도 창조하셨다.

그래서 인간은 죽어

땅을 위해 썩는다.

그건 이것이 되고

이건 그것이 된다.

우리는 이 우주의 법칙을 어긴 첫번째 사람

그 옛날 우리의 운명을 만든 사람

본질을 말해볼까.

우리는 모두 변해 다시 새로운 먹거리로 창조된다.

주인은 노예가 되고, 노예는 주인이 된다.

하루에도 천 가지 사건이 발생한다.

타인과는 소통하면서, 자신과는 갈등하지 마라.

무슨 뜻인가?

나는 가여운 몸뚱어리 자체.

손에는 느낌이 있고

검은 얼굴[18]

벙어리 혀.

눈은 망신스럽지만 장님

이성은 왜 배를 불리는 데 도움이 되지 않는가?

내가 던지는 질문은 천 개가 넘는데 답을 찾지는 못한다.

너도, 나도 이토록 지식이 부족하거늘

우주의 비밀을 알고자 손을 내미는 이런 근원적 질문들은

과연 어떻게 생겨나는 것일까?

자물쇠와 열쇠는 함께 만들어지니

자물쇠가 있으면 열쇠도 있다는 뜻이다.

질문이 있으니 답도 있을 것이다.

1996년 3월

꿈같은 인생

꿈이었다. 내가 죽었다.

숨이 막혔다……

세상은

---

18) 얼굴이 검다는 표현은 할 수 있는 것이 아무것도 없을 때 쓰며, 수치스러움을 표현할
때 쓰기도 한다.

백 년, 천 년 관습을 꾸준히 반복하고 있고
다들 자신의 길에서, 자신만의 일을 하고 있다.

귓전에 웃음소리가 들려온다.
멀리 어딘가에서 들려오는 새의 노랫소리.
아, 밖에서 젊은 양이 울고 있다,
옹달샘으로 샘물이 졸졸 흐르고 있구나.

집에는 모든 것이 제자리
책장에는 책, 꽃병에는 꽃.
열려 있는 창문 커튼
바람에 살랑살랑 흔들린다.

내 사진이 벽에서 나를 내려다보고 있다.
문득 생각해본다. 소원도, 꿈도 한낮 망상일까?
묻고 싶다. 사진과 나를 나누는
차이는 무엇일까?

나는 죽은 사람, 사진도 무생물…… 구석진 저쪽 방에서
손녀들이 소곤소곤 속닥거리는 소리가 들린다.
책상이 저쪽 구석에서 나를 지켜보고 있다.
어떻게 해야 하지? 내게 드리워진 죽음의 그림자……

정말로 뭔가 소리가 귓전에 울렸다.

정말로 순간 죽음을 본 것 같다.

아주 오래전 예감

올해 나는 죽을 운명

한순간이라도 죽음을 잊고 싶었다.

그러지 못할 것이라는 것도 알고 있었다.

나는 알고 있다. 내가 죽는다고

이 세상은 아무것도 달라지지 않는다. 같은 세상이 지속된다.

변화무쌍한 세상

사람을 울게 하는 것은 이성

인생은 기나긴 대여정

세상은 나와 긴밀하게 연결되어 있다.

소리를 질러보려 했는데, 목이 막혀 소리가 나오지 않는다.

온갖 소리가 목소리를 삼켜버리고

나는 모든 사람의 고통을 함께 나누었다.

모든 사람의 고통을 마음에 담았다.

오늘 나는 죽었다. 내가 사라진다 해도

아무에게도 문제 되지 않는다고는 하지 말길.

이 세상은 거짓이야, 중얼거려본다. 다 거짓말!

새로 쓴 시를 마무리하려고 했었다.

책상 위에 아직 마무리하지 못한 원고가 눈에 들어와

한숨짓는다.

잠에서 깨어났다. 대부분의 사람들은
왠지 죽음을 미리 느끼는 것 같다.
아니야, 내가 본 것은 꿈이 아니었어.
내가 살고 있는 삶이 꿈이야.

1997년 8월

인간 그리고 시간 İnsan və zaman

검은 머리, 흰머리

내 머리에 여기저기 눈발이 내리더니 결국 하얀 눈밭.
볼 때마다 미어지는 내 어머니 마음
어머니. 하얀 머리 내 머리 걱정하지 마세요.
머리 하나 센다고 속상해할 것도 없어요.
밤마다 책상머리에 앉아만 있으니
심장에서 끌어 오르는 불같은 마음 때문.
어머니 모르는 은밀한 걱정이 있을 거라 여기지 마세요.
나이에 맞지 않는 흰머리, 나만의 세계일 뿐
죽음도 이 세상에서는 슬픔이라 할 수 없어요.
어머니, 이 흰머리는 나의 자랑
검은 머리는 자연이 내게 처음 준 선물이지만
저는 선물만 믿고 살 수는 없어요.
검은 머리는 험난한 이 세상에서 얻은 인생의 첫 장식품
흰머리는 살면서 세상에서 얻어낸 나의 성취

1957년 9월

세계인가, 나인가?

어린 시절 사진을 들여다본다.
옛 시간들은 추억을 훑으며
달콤한 눈앞에서
때로는 울면서, 때로는 웃으면서 지나간다.

거리에서 발견한 색다른 유리병 하나가
내 마음을 설레게 한다.
사람들, 사람들은 나를 항상
보듬고, 살피며, 사랑해주었다.

나는 달로, 별로 날아가는 꿈을 꾸었었다.
매일매일 새로운 관심사에 빠져 있었다.
이 오래되고 유구한 세계는
오직 나만을 위해 창조된 것이라 믿었다. 오직 나만을.

이제 같은 세상이 아닌 걸까?
그런데 왜 이제 나는 이 세계와 어울리지 못하는 건가?
오랜 세계, 거대한 세계
독자적인 딴 세상 같다. 내게는 그들만의 세상……

어쩌면 스스로도 나 자신이 아닌지도 모른다.

지금의 나는 다른 사람인가?

세상은 변하고 있고, 아름다워진다.

자부심을 가지고 인생을 살아낸 나이건만

더 이상 이해할 수도, 납득할 수도 없다.

변한 건

이 세계인가? 나인가?

1959년 1월

인생 늦가을
서서히 서서히

시대는 빨리 돌고, 시간은 빨리 흐른다.

우리도 해마다 변한다.

인생의 단계들이 어찌하여 밋밋하게 오겠는가.

자연의 계절에 맞추어 온다!

어릴 시절은 인생의 봄

장난꾸러기이고, 나비같이 노는 시절

젊은 시절은 여름

바람같이 강하고, 흥분한 미지광이

가을에는 값진 열매를 맺듯이
사람도 머리가 익고 열매를 맺는다.
세상을 깊이 있게 이해하기 위해
사색하고, 몰두한다.

인생의 겨울, 수염과 머리카락이 하얗게 센다.
약해진 생명력, 끝으로 치닫는 인생
노인은 손에 손을 맞잡고
사람도 잠들고, 자연도 잠든다.

인생의 가을이 내 손을 잡았다.
내가 서서히 늙어가고 있는 것인가?
늦가을 나뭇잎 하나씩 떨어지듯
내 머리도 갈수록 한 올씩 하얗게 세어간다.

나무들이 옷을 벗고, 땅에는 나뭇잎이 뒹군다.
생각이 많아지고 눈빛은 바빠진다.
꽃잎들도 하나씩 떨어지고
내 눈도 조금씩 흐려진다.

날씨가 갈수록 추워진다. 만물이 얼어붙고 있다.
하루하루 낮이 짧아지고 있다.
아, 인생의 내리막이 다가오고 있다.

저 산에도 서서히 해가 저물고 있다.

밭에도, 들에도, 정원에도 하루하루 초목들은 시들어간다.
마음은 모든 시간이 귀하다고 외친다.
내 귀에 대고 속삭이는 말,
행복이여, 하늘에서 내려와. 서서히 서서히.

1960년 10월

뭔가 부족해

밤이고 낮이고, 아침이고 밤이고
나는 읽고 쓴다.
내가 써 내려가는 글은 책이 되어 나온다.
어쩌란 말인가.
대부분이 마음에 안 든다,
시도 뭔가 부족하고
언어도 뭔가 마땅치 않다.

우리는
수변 사람들 덧딤화를 히고

일을 하고, 다투기도 한다.
원하는 것을 표현하기도 한다.
그래도 실상 현실에 반영되지는 못한다.
이것이 진실이다.
말로는 모든 것을 다 할 수 있지만
스스로 뭔가 하기에는 부족하다.

우리는 배를 타고 다닌다.
차를 타고 다닌다.
가기도 하고
오기도 한다.
겨울에는 대도시들에서
여름에는 산에서
온천들에서 휴가를 보내기도 한다.
우리는 알고 있다.
뭔가 부족하다,
뭔가 부족하다……
매달
매일 뭔가 부족하다고 느낀다.
충분한데도 뭔가 부족하다고 느낀다.

나만 그런 건가?
아니야 아니야!
다들 불만이 있다.

이것이 사람이고, 열정이다.
우리는 살아 있고, 창조한다.
우리는 배우면서 자란다.
세상은 경주
인생은 경기다……
한 단계, 한 단계 성장하고
조금씩 조금씩 커간다.

항상 올라만 가는 것은 아니다
한 번 올라가면,
한 번은 내려온다……
오름과 내림으로
인생을 배운다.
인생은 기적이다.
이 기적 앞에서
때로는 침묵하고
때로는 말을 한다.
죽는 순간
우리는 말한다.
—의학에는 한계가 있어.
병은 많고
약은 부족해……
마지막 숨
—숨을 못 쉬겠어

─숨이 안 쉬어져

우리는 늘 배운다.

─계속 올라가도

정상에 손이 닿지는 않아.

우리의 요구가 너무 많아.

꿈을 따라가다 보니

꿈은 우리에게서 멀어진다.

결국 타인에 대한 불평을 늘어놓기 시작한다.

그러면서 우리는 스스로에 대한 불만은 전혀 없다.

욕망을 충족하고 나면

그 욕망은 이제 눈 밖에 나고 만다……

익숙해지기도 하고

욕망의 불이 꺼지기도 한다.

노력도 하고

생각도 한다.

뭔가 부족하다.

뭔가 부족하다.

이성의 빛을 뚫고

나는 여러 번 어두움을 지나갔다.

살면서 늘 갈구했다.

그래도 찾을 수 없었던 그것

이 허전함은 무엇이지!?

모든 비밀을 알게 된다면

그 비밀은

수많은 비밀을 푸는 열쇠가 되리라.

풀리는 것 같으면서도

풀리지 않고

푼다고 푸는데도 매듭은 더 꼬인다.

날마다

혹은 가끔씩은

인생의 맛과 소금이 미래에 있다고 생각해본다.

우리는 배우고 있다.

―날마다 조금씩

성장하고, 발전하고 있다……

그래도 우리는

마지막 정상에 손을 뻗을 수는 없다.

이제 그만해!

그냥 뭔가 부족하다고 얘기하자!

인간은 도달하지 못하는 것에 도전하면서 성장해왔다.

'모든 것이 충분하다' 안주하기보다는

인생에 만족하면서 사는 그 자세가 아름다운 것!……

1965년 11월

쾌락 – 고통

꽃잎들이 불이 붙은 듯 활활 타고 있다.
이 색깔, 향기는 어디서 오는 걸까.
꽃도 고통에서 태어날까.
색깔, 향기, 모두 불타듯이 다가온다.

불이 타고 있다.
불 옆에서 몸을 따뜻하게 덥혀본다.
우리가 간과하는 것, 타고 있는 불은 나무가 치르는 고통의 대가.
타고 남은 재의 불들도.

집에 앉아 즐겁게
시(詩)를 읽는 독자들은
생각해보아야 한다!
마음을 치유해주는
이 느낌, 이 불꽃이 어디서 왔는지
생각해보아야 한다!
독자들은 나의 향기를 맡고, 나의 색깔을 음미했다.
'좋다' 했다!
그런데 그들은 알지 못했다.
아름다운 색, 향수도
큰 불기둥에서 파생한 한 조각 불꽃

깊이 읽고 느껴야 한다.

나의 마음을 감독하는 분이라면

느낄 수 있으리니.

이 시들이 주는 달콤함은 독자들의 것, 그들의 아픔은 나의 고통

1982년 7월

독자의 편지

독자들에게서 편지가 날아든다.

빛, 감사함이 가득한 편지들.

어느 날은

옳은 길로, 어느 날은 정당한 길로 나를 인도한다.

독자의 편지! 이 세상 어느 것보다 달콤하다.

편지는 모두 내 마음의 기둥

이 편지들은

평론가들이 못 하는 많은 이야기들을 들려주었다.

독자의 편지!

내게 필요하다.

날마다 내 마음을 열어수는 톡사들의 말

때로는 스스로 자신을 의심할 때,
믿음이 없는 내 마음에서 그들이 믿음이 되어주었다.

독자의 편지!
생각하는 사람들의 마음속 흐느낌, 심장의 떨림!
내가 쓴 노래, 시
반응!
독자들이여, 당신들보다 많은 것을 아는 것도 아니고
당신들을 가르치는 것이 목적도 아닙니다.
내가 글을 쓰는 한 가지 이유는, 내 마음에서 타고 있는 불을
당신 마음에 옮겨 붙이는 것.
진실을 위해 사는 사람이라면
진심으로 이 불기둥을 안을 수 있으리
만일……
영혼에 아첨하는 사람이라면
그 마음 밭에서는 타오를 수 없는 불이니 꺼지고 말리라.
이 불기둥은 우리 세대에게 맡겨진 위탁물
시인(詩人) 내시미Nəsimi
그는 그 불을 지키고 키워냈다.
불빛으로 민족과 조국이
진실과 주권을 향해 달려갈 길을 열어주었다.
불꽃이 뿜어내는 열기가 우리를 살게 했다,
자존심을 지키고 어둠을 통과하도록 도와주었다.

태양도 타지 않으면 뜨지 못한다.
진실은 보이지 않을 것이다! 진실이 이것이다!
우리 민족이 살아 있는 건
시인들이 지피고 있는
불기둥 덕분이다.

시인은 불의 근원, 시는 꽃들
화약이 없는 시를 시라고 부를 수 있나.
시인 없는 민족은 대중일 뿐……
행동하지 않는 대중을 민족이라 부를 수 있을까.

독자의 편지!
사상
마음속 흐느낌, 심장 떨림
내 노래, 시에 대한
반응!

나는 혼자인데, 독자들은 다수…… 독자들 모두에게
나는 답을 할 수 없다……
내가 독자들에게
빛이 될 수 있는 것도 아니다.
마음에 품고 있는 말들이
종이 위에 하나하나 쏟아지고
독자늘에서 보내는 나의 편지는

한 편의 시가 된다.

1981년 7월

시간

어린 시절,
젊은 시절, 늙은 시절— 다 같은 걸까?
아니야, 다르다, 서로 남남처럼 다르다.
오는 시간이 가는 시간을 쫓아 보내고, 나는 스스로를 부정한
다……
우리는 인생의 단계마다 달라진다,
이 세상에 대한 우리의 관계, 요구.
시간은 내 주변을 밤나방처럼 맴돌면서
어제는 이해할 수 없었던 것을 오늘은 깨닫게 해준다.

가슴을 치면서
나는 유일한 존재이다, 하나뿐이다!
내가 아는 것은 오직 하나, '강하다, 나는 할 수 있다' 외쳐보지만
시간의 한계 안에서 나는 약하고, 무능력하다.
인생의 저편 해안으로 도달하기에는 손이 닿지 않는

반대편 해안에서 나는 발버둥치고 있다.

내 눈동자 안의 광채, 심장 속 불씨는 어디로 간 것인가?
시간과 욕망이라는 영원한 경기에서 승자는 누구이고, 패자는 누구인가?

흰머리, 이마 주름
시간은 고삐 풀린 말처럼 달리고 있다. 고삐는 우리 손에.
능력이 있다면 찾아보길. 말 등에 올라탄 사람은 누구인가!
나는 나 자신의 자유와 주권을 알라처럼 신성하게 여긴다.
그 어느 정부, 칙령 앞에도 머리를 조아리지 않았다.
그런 내가 시간 앞에서는 평생 노예처럼 굽실거리는구나.
손목에 차고 있는 시계의 노예가 되었도다.

1985년

내게 그럴 자격이 있단 말인가?

속담은 우리에게 충고이고 조언이다.
백 년, 천 년 전해질 말들
"선행을 하고, 바다에 버려라.

물고기는 몰라줘도 사람들은 알아줄 것이다."

나는 신(神)이라 하지 않았다.
민족이라 했다……
왜인가?
나의 민족도, 조국도 내게는 신적 존재이기 때문
그의 친구는 나의 친구
그의 적은 나의 원수

광채 없이 감은 눈도 눈인가?
이룰 수 없는 허황된 꿈에서 떨어져 나온
민족의 파편 하나……
보았는가?
군중에서 떨어져 파편으로 사는 것

나의 시 구절에 가치를 부여하는 사람은 바로 당신
당신 없이 나는 아무것도 아니다. 시는 텅 빈 언어.
노력에 대해, 예술과 시에 대해
바다만큼 광활한 가치를 부여하는 사람은 바로 당신

당신은 시인을 무슨 롤 모델처럼 바라본다.
당신은 내 얼굴만 바라보고 있다.
우리가 어디를 가도
장미같이, 꽃같이

당신은 우리에게 박수갈채를 보내준다.

우리를 성장시킨 것은 당신의 사랑과 관심
민족도, 조국도 우리를 자랑스러워했다!
늘 내 마음을 괴롭히던 질문 하나
과연 내게 당신의 사랑을 받을 자격이 있는 걸까?
이것만은 알고 있다. 당신은 그런 당신이다.
나의 힘은 당신에게서 나오고, 행복도 당신 손에 달려 있다는 것
좋은 것을 나쁜 것에서 가려내는 것도 당신이다.
당신의 그 용기를 닮아야 한다.

나는 알고 있다. 당신은 마치 신과 같이
늘 내 생각, 마음 안에 있다.
나는 알고 있다. 시를 쓰는 사람은 자신이지만
쓰게 만드는 사람은 당신이라는 것.

민족을 의지하고, 사랑하는 사람
모두 민족을 위하다가 저 세상으로 떠났다.
민족 뒤에 숨는 사람들
그들은 늘 바닥에서 굽실거린다.

당신은 자신과 자손들 이름을 드높이면서
부러질 수 없는 날개로 날아올랐다.
군중 속에서도 스스로를 통해

절개가 무엇인지 알려주었다.

자식들은 승리했고
당신은 자라났고 수명도 하루씩 길어졌다.
당신은 마음을 마음으로 마중했지만
노예를 알라로 섬겼다.

우리를 성장시킨 것은 당신의 사랑과 관심
민족도, 조국도 우리를 자랑스러워했다!
늘 내 마음을 괴롭히던 질문 하나
과연 내게 당신의 사랑을 받을 자격이 있는 걸까?

1974년

위험한 꿈

여러 이름 위에 이름이 새겨진다.
이것은 무엇입니까?!
눈이 부셨다.
명예 타임 테이블에서 이름이 불릴 때마다
재능은 왜곡되고, 구겨졌다.

200

잘못된 꿈이다. 명예에 대한 꿈

그에 대한 공포는 생명의 불꽃을 지게 했고

이 꿈에 굴복당하는 사람은 잠에서 깨어나지 못할 것이다.

호화로움 좇아, 장려함을 기대하며

속도 기차를 탄 것 같다.

작은 시골 마을을 지나도 세우지는 않는다.

기적 소리만 귓전에 웅웅거릴 뿐.

아이고, 두렵구나. 명예의 정상 왕좌에

나를 앉히기라도 하면 어쩌랴.

나는 한 번도 정상을 정상이라고 생각한 적 없다.

기차야, 어디를 서둘러 가는 게냐. 멈춰라.

우리가 발로 밟고 있는 땅은 도망가지 않는다.

크고 작은 도시, 마을

차라리 시인 마음을 열지 말라고 해다오!

작품은 고통, 아픔에서 나온다.

체험 없이 나온 말은 그렇게 소멸한다.

미완성

끝날 수 없는 위대한 작품은

만족이라는 그림자에 가려져 있다.

유명하다는 것의 무게감을 아는가?!

명예는 빚을 갚을 수가 없다.
내가 두려워하는 것은, 인생이 겨울에서 멈춰서
봄꽃들이 못 피어나지 않을까 하는 것
일과 명예의 경합 속에
내가 쓰는 시가 명성을 얻지 못할까 봐 두렵다.
때로는 시 한 편으로 천 개의 명성을 얻을 수 있다지만
천 개의 명성으로는 시 한 편 지어낼 수 없다.
예술로 명성을 얻은 사람들
그것이 영원하다는 것을 알게 될 것

편함을 찾으면
영감(靈感)도 일을 멈춘다.
목적을 상실한 말 정원이 침묵하고 만다.
모든 이 생각과 느낌은
나 자신에 대한 경고이다.

1984년

선과 악

자연은 사람에게 두 손을 주었다.
누군가의 손을 잡고 오를 수 있도록

목적을 이루기 위해 이성을 주었다.
강 위에 다리를 만들 수 있도록
어머니, 아버지는 우리에게 말을 주셨다.
어려움에 봉착해 허둥거리는 사람들 기분을 달랠 수 있도록

언어는 노래를 부르라고 생겨났다.
언어는 거짓말을 위한 것이 아니다.
사람의 감정은 노래로 하나 되고
거짓말로 길이 갈린다.

손도, 언어도, 이성도 왜 때로
우리는 좋은 일을 위해 사용하지 않는 걸까.
오늘도 이어지는 이런 행위들로 인해
우리 미래는 불투명하게 된다.

한 사람이 느낀 그 마음은 세계이다.
이 세상은 얼마나 다양한 색 옷을 입는가.
누군가는 민족을 위해 목숨을 희생하고
누군가는 지위를 위해 민족을 판다.

민족이 있는 한, 불씨 없이 화덕 없이 산다 해도
내 불씨를 이웃과 나누어야 한다.
민족도 있다. 불씨도 대가 없이 받는다.
이웃 땅에도 눈독을 들인다.

양심의 힘으로 탐욕의 산을
넘을 줄 아는 사람을 우리는 인간이라고 불렀다.
거짓으로, 술수로
양심을 팔아 얻어내는 것은 진실로 얻는 것이 아니다.
이 땅은 천 개의 색깔로 한 가지 색깔을 지배한다.
독(毒)은 건강도, 죽음도 관장한다.
땅은 가시덩굴도, 꽃도 재배한다.
선도 악도 이성의 열매이다.

좋은 것도, 나쁜 것도 다 우리에게 있다고 말하라.
이것도 저것도 자기 색깔이 없다.
선도 악도 모두 하나
위로도
밑으로도 한계선이 없다.

위대한 민족의 운명도 때로는
해바라기 씨를 먹고 뱉는 것처럼
악의 명령에 따라 움직인다.
앞을 보고 고함치고, 뒤를 보고 절규해도
미움과 복수심만 생겨날 뿐.
사람의 기억
진실은 지워지고 잊힌다.
좋은 것도 이렇게 죄가 될 수도 있지 않은가?

정치인들이 동화만 읽게 놔두자.
동화가 그들 마음에 빛을 가져오리라.
이야기를 듣는 사람은 생각이 열리고
상상력으로 진실의 문을 열 수 있으리니.
진실은 거짓을, 빛은 어둠을 이긴다.

1986년 3~8월

탐욕과 미덕

1

네가 탐욕의 노예가 되면…… 난 너에게 뭐라고 말해야 할까?
이성을 믿지 마. 위(胃)만 믿어.
이름만 사람이 되고, 너 자신은 벌레야.
넌 지금 키보다 백 배 작아질 거야.
네가 온 세계를 삼킨다 해도, 네 눈에는 차지도 않겠지.
탐욕은 맨 밑 구덩이
탐욕은 아담과 이브 제분소처럼
뭘 넣어도

녹이고,

갈아 삼킨다.

너 자신은 백 배 축소된다 해도

위(胃)는 백 배 커지겠지.

사람들이 이 사실을 이해해도

욕심을 낸다면 그건 뭘까?

천국을 사과 하나에 팔아버린 뒤부터

탐욕은 미덕과 경쟁하고 있다.

옛날부터 탐욕을 믿는 사람들의

무기는 배신이었다.

이것도 이상하다.

그럼, 왜

탐욕을 부리는 사람들 때문에 선량한 자들이 희생되어야 하는가?

이성으로 자기 배만 불리고

욕심으로 세상을 먹어치운 사람들

우리 조상들은 욕심을 줄이고

미덕을 추구하라고 가르쳤다.

자신을 낮추고 낮추면

나는 사라진다.

악에서도 좋은 일을 기대하는 사람들은

굶을지언정 비열하게 살지는 않는다.

미덕을 방패로 탐욕을 이겨내는 사람들.

탐욕스러운 자는 '이익'은 얻었지만 사실 졌다.
왜냐하면 그를 이긴 사람이 있다.
탐욕과 미덕 사이에
미세한 경계를
그는 보지 못했다
벙어리도 아는 진실.
재산의 노예가 되는 순간 뇌물로 얻은 이익
뒤로 챙긴 검은 자산
그러나 그가 잃은 것은 미덕

2

원숭이— 미덕을 아는 인간의 아들
미덕은 사람의 두번째 이름.
미덕은 사람에게 가장 어울리는 지향점.
사람은 이 이름 때문에 네 발에서
두 발로 역사를 바꾸었다.
사람은 천천히 인간이 되었다.
인간을 인간이게 하는 것은 미덕.
우리는 그 가치를 얻었다.
그런데 이렇게 미덕으로 얻은 인간성의 가치를
한순간에 잃어야 하는가?

1985년 10월

세상은 돌고 돈다……

시간이라는 제분소에서 돌이 녹아 모래가 되었다.
역사가 버린 것도 이제 돌고 돌아 다시 필요하게 되었다.
어제의 진실이 오늘은 오류가 되었다.
이렇게 된 이유, 세상은 돌고 돌기 때문이다.

그 많은 사냥터를 누비며 수많은 사냥을 했건만
이글거리는 욕망을 나는 이제 억누른다.
나는 아버지보다 앞서갔는데, 이제 자식이 나를 앞서고 있다.
이렇게 되어야 맞는다. 세상은 돌고 돌기 때문이다.

어제 옳다고 믿었던 것도 오늘은 맞지 않는다.
때로는 자신에게서 자신을 훔치기도 한다.
매년 새로운 욕망을 꿈꾼다.
그것도 맞는다. 세상은 돌고 돌기 때문이다.

고개 숙이지 않던 사람들이 머리를 조아리는 것을 많이 보았다.
물이 맑아지자 바닥에 있는 돌들이 드러난다.
세상의 박수갈채를 위해 노선을 바꾸는 사람들
그러면 어떠한가. 세상은 돌고 돌기 때문이다.

세상은 어떻게 돌고 있나, 왜 도는 걸까.

토끼마저 폭력적인 이 세상을 비웃는다.
이 세상에 집을 짓기 시작한 때부터 모든 것이 바뀌었다.
바뀌지 않으면 어쩌란 말인가. 세상은 돌고 돌기 때문이다.

나는 영원한 것이 세상에서 영원할 것이라고 생각하지 않았다.
불기둥으로 뛰어들었지만 천 개나 되는 불에도 타지 않았다.
우상(偶像)들이 오고 갔지만 단 하나도 믿지는 않았다.
왜 믿어야 한단 말인가. 세상은 돌고 돌기 때문이다.

세상은 돌고 돌면서 없는 것도 있게 만든다.
마른 옹달샘은 개울이 되어 흐른다.
세상에는 좋은 일도, 나쁜 일도 반복된다.
왜 반복되지 말아야 하는가. 세상은 돌고 돌기 때문이다.

수천 년 세상이 돌고 돌아
둥지를 벗어난 나이팅게일이 백 개 나뭇가지에 앉는다 해도,
달이 바뀌고, 해가 가고, 계절이 바뀐다 해도
내 견해는 변하지 않는다. 세상은 돌고 돌기 때문이다.

원하는 만큼 돌라지. 천 번을 돌아도 좋다.
내 눈 앞에 놓인 악(惡)을 선(善)이라 우긴다 해도
세상이 등을 돌려 내 불행을 원한다 해도
나는 내 견해를 절대로 바꾸지 않을 것이다.

상자에 담아둔 말들 Sandıqdan səslər

작가가 전하는 말

나는 소련이 해체되고 나서야 비로소 내 아카이브를 정리할 수 있었다. 젊은 시절부터 쓰기 시작한 일기들과 출판하지 않은 시들을 다시 읽어보았다. 지난날들을 노트에 새롭게 써 내려가면서 마음이 후련해지기도 하고, 한편으로는 미소가 지어지기도 했다. 결과적으로 얼마나 마음이 편해졌는지 모른다. 젊은 시절 나는 진실을 알아보았고, 선과 악을 구분할 줄 알았다. 나의 감정과 생각들을 숨겨두지는 않았지만 원하는 만큼 글로 표현하지는 못했던 것 같다. 그래서 후회스러운 부분도 있다. 아쉬운 순간도 있었다. 감정과 생각을 분명하게, 제 시간에 글로 쓰지 못했던 것이다. 시간의 흐름을 잘 살리지 못하기도 했다. 그리고 '공포의 날들'에는 출판을 시도하지 못했고, 다만 쓰는 것에만 만족해야 했다. 이것은 가슴 한구석에 아직도 고통과 통증으로 남아 있다.

동화와 인생

당신이 내 어머니였다면, 아, 어머니……
내 투정도 받아주세요. 투정을 부리고 싶어요……
당신은 내게 느끼고 생각하는 법을 가르쳐주셨지요……
감정도, 사고도 자유로울 수 있다면.
당신은 친자식에게 말하는 법을 가르쳤지요.
그런데, 나는 벙어리로 태어났다면 하고 바랍니다.

나는 당신의 언어를 1년 안에 배웠지요…… 말도 안 돼요!……
나는 내 언어로 원수를 만들었지요.
평생을 노력했건만, 그래도
말하지 않는 것을 배우지는 못했어요……
내 언어는 인생에 재앙을 가져왔어요.
내가 바다라면, 해변이 내게 얼굴을 들이대고 있지요.

당신은 내 손을 잡아 걷는 것을 가르쳐주셨지요.
나는 평생 평지와 산을 돌아다녔어요.
당신은 자식에게 걷는 것만 가르쳤지요.
자식이 쓰러지지 않는 법도 가르쳤어야 했건만……

생각들이 나의 뇌에 켜켜이 쌓여갑니다.
답들은 무시무시한데, 질문하는 것은 금기지요.

삶(life)이란 피 흘리는 자에게는 척박하고 거친 것
무임승차하는 자에게는 자연스러운 것

사람들은 가끔씩 내게 일부러 상처 주기도 한답니다.
다음 날이면 나는 모든 것을 잊어요.
들어서는 문마다 모두 압제자
나는 그래도 폭력을 휘두르고 이득을 취하는 건 못 하겠어요.

어머니, 삶은 매년 과격해집니다.
말썽을 일으킨다 해도 나는 여전히 기대감을 버리지 않고 있어요.
왜 이렇게 무자비한 인생은 당신 품처럼
따뜻하지도, 다정하지도 않은 거죠……?
어머니, 어디 계세요? 내 곁으로 한번 와주세요.

한 번이라도 골치 아픈 머리를 당신 무릎 위에 누이고 싶어요.
내게 동화를 들려주세요. 시간도 멈출 거예요.
동화에 나오는 그 영웅들이
머리가 두 개 있는 거인들을 어떻게 쓰러뜨리는지 보고 싶어요.
그들이 어떻게 숨어 있다가 마법에서 풀려나는지도요.

말해보세요. 행운이 어디에 있는지 알고 싶어요.
왜 우리 조국에는 행운이 오지 않는 거죠?
말해주세요. 말해보세요. 맬리크 매햄매드[1]가
어떻게 어두움을 뚫고 빛으로 달려갔는지.

어머니, 아무 말도 하지 마세요. 침묵하세요. 말씀하지 마세요.

동화들이 머리에 들어오지 않아요.

거인들을 봤는데, 동화 속 거인들이

그들 옆에 서니 조그만 병아리 같았어요.

비열한 인간들을 봤어요.

오르막길을 내리막길이라고 하더니, 평지도 오르막길이라고 하는

사람들.

여우들을 봤어요. 손목에 두른

철로 만든 사슬을 팔찌라고 하는 사람들.

아버지를 욕하고, 남에게 머리를 조아리는 사람들

그런 보스들을 봤는데 너무 엄격하고 잔인해요.

가시를 꽃이라 하고, 꽃을 나무라 하는

늙은 아줌마들을 봤어요. 그 사람들은 믿음도, 종교도 없었어요.

깡패들을 봤어요. 남의 땅도 아니고

자기 고향을 약탈해 간 사람들.

상인들을 봤어요. 금은보화 때문도 아니고

---

1) Məlik Məhəmməd: 아제르바이잔에서 구전으로 전승되는 민담이다. 맬리크 매햄매
   드가 주인공이다. 주인공 맬리크 매햄매드가 우물에 빠졌다가 지하세계를 여행하게
   되는데, 온갖 역경과 위험을 극복하고 난 후 현실로 돌아와 사람들을 구한다는 내용의
   이야기이다.

"말라데츠Malades"[2] 말 한 마디 때문에 조국을 팔아 치운 사람들.

세상을 알고, 느낄 때부터
삶도 내 눈 밖에 났어요.
동화 속에서 보았던 온갖 무시무시한 괴물들을
나는 인생에서 다 겪어봤어요, 어머니.

1964년 1월~1965년 5월

---

2) '잘했다'라는 뜻의 러시아어.

그리움의 시(詩)Həsrət Nəğmələri

나는 질투한다

그는 연주한다. 노래 마디마디
너는 마음과 영혼을 빼앗겼구나.
시간도 장소도 잊고
상상의 세계에 푹 빠져들었다.
소리의 불기둥에 몸을 녹이고,
너 자신과 노래가 하나로 섞였구나.
노래는 너를 내 손에서 빼앗아 갔다.
나는 네 노래를 질투한다.

거울 앞에 선 너
헝클어진 머리를 빗고 있다.
이 오랜 세상에선 누구에게든
꿈꾸는 것도, 욕망하는 것도 즐거움.
"혼란도 하나의 규범이다"
세상은 아직도 혼논 속이니 어떻게 할꼬.

거울도 너의 아름다움을 음미할 거야.
나는 너를 담고 있는 거울도 질투한다.

나는 믿음을 가지고 인생을 살았다.
결국 내 가슴에도 불이 붙었다.
사랑의 강물을 한 방울 마셨더니
홍수 같은 눈물이 쏟아졌다.
이 고통을 참을 수는 있지만
사랑 없는 마음을 나는 돌이라고 생각한다.
예쁜 당신은 그런 상황에 처하지 않기를, 피 흐르는 곳
나는 너를 사랑하는 나 자신도 질투한다.
너는 늘 내 곁에 있다.
너를 일주일에 한 번 보고 어떻게 살라고.

1961년 12월

눈의 언어

검은 눈동자
녹갈색 눈동자
갈색 눈동자……

얼마나 많은

말들이 예쁜 눈을 표현했나……

시인들이여, 지금 약속해주길.

예쁜 눈이 나는 두렵기만 하구나.

미인들, 그 눈을 음미해보라.

그 눈을 보고 거대한 산(山)인들 빨려 들어가지 않을 수 있을까?

눈에는 자신만의 언어가 있다.

섬세하고 깊은 언어

눈의 언어는 마음만이 이해한다.

마음의 소리가 밖으로 나오지 않는다면 눈의 언어가 작동한다.

눈빛은 허공에서 키스를 나누기도 한다.

첫사랑의 불꽃, 신호는

눈에서 먼저 마음으로 전달된다.

눈에 대한 찬사도

눈빛만의 고유 언어로 쓰여야 한다.

눈빛 언어는 문제적이고 어렵다.

이 언어를 알아듣는 사람과 이 언어로 세상을 안정시켜라.

1961년

너는 자신에게서 헤어날 수 없다

너는 우리의 사랑이 고통이 되었다고 했다……
충격, 슬픔은 이제 충분하지 않은가?
마음이 함께한다 해도
헤어져야 하는 인생길.

이별! 말은 쉽지만, 행동은 어렵다.
사랑!
이것은 너의 성격이다.
불같은 마음과 어떻게 헤어지게 할 수 있을까.
열기를 불에서, 향기를 꽃에서 어떻게 떼어놓을 수 있을까……

나 자신의 꿈, 소원
—너의 꿈, 소원.
너의 생일은 내게는 명절
내 생일 또한 너의 명절
우리는 서로를 위해 태어났다.
우리의 사랑도, 바람도 하나

혹시라도 네가 기분이 상해 산책하는 그때
발밑을 키스하는 푸른색 풀들이 있다면 그게 바로 나다.
네가 고개를 들어 하늘을 올려다보면

비를 쏟을 듯한 검은 먹구름이 바로 나다.
나보고 왜 주변만 돌고 있는지 묻지 마라……
필요한 그날 세상의 중심에서 돌 것이다.
때로는 이유 없이 슬퍼지기도 한다.
이유를 찾지 마라, 그 이유는 나다!
네 마음은 이제 부풀어 비상(飛上)의 날갯짓을 하고 있구나.

그 꼭대기는 나야,
그 끝도 나다.
기나긴 밤들 네가 잠들지 못할 때
네 눈에서 도망가는 잠도 나야……
너는 나를 다른 사람들과 똑같이 여기지 않겠지.
너도 이 세상에서 내겐 유일한 존재
네 집에서 나를 쫓아내도,
네 마음에서 나를 쫓아내지 못할 거야.
너의 매 순간이, 시간이 나다.
너의 이름이 나고, 너의 주소도 나다.

문을 내 면전에서 쿵 닫는다 해도
너는 네 자신과 헤어질 수 없을 거야……
너는 네가 아니다.
너도 알듯이 바로 나.
너를 나이 들게 하고, 너를 피어오르게 하는
태양도 나

달도 나
나의 꽃
나의 세월

1965년

나는 나 자신을 부인한다

그날…… 그 대단한 날……
너를 사랑한다면서
모욕으로 불을 질렀다.
너의 15년째 희망들
꿈들, 소원들을 향해 발화했다.
나는 이제 나 자신 자체를 부인한다.
세상을 다르게 본다.
내 말, 어휘
맛도, 소금도 너였나 봐……
내 가슴에 있는 그 불이 꺼지고
빈 기포처럼 나는 하늘에 떠 있다.
사람 숨결에서 멀리에 있다, 아주 멀리
나는 화산이 식어 만들어진 섬

이성은 내 마음을 짓이겨
나는 스스로에게 짐이 되어버렸다.
내 가슴도, 마음도 꽁꽁 얼어붙었다.
나뭇가지가 잘려나간 장작개비가 되었다.

꽃도, 별도 나를 애무하지는 않아.
생각들이 흩어지고, 꿈이 무너졌다.
하늘, 땅의 아름다움을
너의 눈으로 내가 본 것 같다.

밤에는 고민들을 실에 꿰어
이불은 돌이 되고
매트리스는 가시 되어
아침마다 눈을 떠도
침대에서 일어나기 싫다.

자고 싶다.
내 눈으로 천장도 쳐다보고
꿈의 파도도 타보고
나들이옷을 입고 집에서 나가도 보고

아침마다 도망간다, 도망간다.
나에게 '좋은 아침이다' 말 못 하게.
내일을 잃은 불쌍한 사람

미래에도 나는 악(惡)을 기대한다. 선(善)을 원하지 않는다.

나의 인생길은 이제 멈춘 것 같다.
내 나름대로 죽을힘을 다했다……내 꿈은 뭐였던가?……
그리움으로 피 끓던 내 인생
의미를 잃어버릴 바에야 나 자신이 사라져야 했다……

이제 인생길은 평평하다…… 산도 없고, 강도 없다……
이쪽에서 보면 저쪽이 보인다.
오래오래 살기를 원하는 사람들
내리막길, 가파른 길, 험난한 파도 없는 인생 살기를……

삶은 고동치는 것이었나 보다…… 매일 역동하는 것
세월의 무게를 물으면 뭐라고 할까……
내가 만일 현인 코르쿠트[1]였다면 '사랑'이라는 단어는
'살다'라는 단어와 같이 쓰게 할 것이다.

1968년 9월

---

1) Dədə Qorqud: 튀르크의 영웅 서사시 「현인 코르쿠트 이야기」에 나오는 현인(賢人).

나는 마음을 훔친 도둑

너의 과거를 받으면서,
대신에
너의 미래에는 아픔을 주었다.
부끄럽기만 하다. 이런 짓을 하다니
할 말이 없다…… 너에게 뭐라고 할까?

바람이 내 마음과 생명을 두고 장난하고 있다.
나 자신에게는 내 생명도 적(敵)과 같다.
나는 울고 있건만 눈은 울지 않는다.
양심이 울고 있다. 내 양심.
사즈saz를 잡아 연주하며 내면의 고통을 풀어낸다.
나는 슬픔을 작곡하는 사람, 양심병 환자.

두 손을 모아 기도한다 해도
나는 미래에 기대하는 바가 없다.
산은 산이 되고, 산 자체도 산이다.
아픔과 슬픔이 모두 나와 겨루고 있다.
나의 오늘은 내일을 고대하는데
나의 내일은 어제를 후회한다.
수백 번 후회만 할 수는 없다. 견뎌야 한다.
나쁜 일이 던지는 놀, 궂은일의 무게를 감당할 수가 없다

천 개가 넘는 후회는
단 하루 지난날을 다시 돌아오게 하지 못했다.

내 말은 나의 오늘이 내는 비명 소리
슬픔 제작자, 양심병 환자.
너의 마음을 받고
대신에 나는
너에게 마음 가득 슬픔을 주었다.
내가 누구인가? 스스로 쓰는 말에서도 수치심을 느끼는 사람
나는 마음을 훔친 도둑, 인생을 훔친 도둑!

고백은 쉽다! 내가 무슨 자격으로
너를 내 마음에서 쫓아 내보내려 하나?
스스로 내 사랑을 짓밟으면서
너의 미래를 네 손에서 빼앗았다……

너의 내일을 그늘지게 하는
나는 용기 있는 네 과거의 얼룩이다……
내게 분노하는 자들이여,
나는 양심병 환자다. 양심병 환자.

1970년 8월

가잘, 코쉬마, 개라일르Qəzəl, qoşma, gəraylı

다리는 강에서 멀리 떨어져 있다

친구 쉬르매매드에게[1]

아직 씨앗이 싹트지도 않았는데,
우리 밭에는 잡풀이 나왔다.
대머리가 되고 나서야
우리는 손에 빗을 들게 되었다.

나의 꿈은 파닥파닥 날갯짓을 하는데
삶은 내 옷자락을 잡아당겼다.
나의 어제는 뒤라트Dürat, 그라트Qırat,[2] 영웅들의 말〔馬〕들
오늘은 당나귀뿐.

---

1) Şirməmməd Hüseynov(1924~2019): 바쿠 국립대학교 언론정보대학 교수. 시인 와
   합자대와는 동향 친구이며, 시 「궐뤼스탄」의 창작에도 많은 영향을 미쳤다.
2) 영웅 서사시 「코르오글루」에 나오는 말들의 이름.

나는 소원에서 손을 뗐다.
내 혀는 '오라'고 부르다가 타버렸다.
기다리고 기다리던 주권
그마저도 산산조각이 났다.

나는 이쪽, 너는 저쪽,
나는 헤엄치지 못했다.
그날을 기다리다 인생은 다 가버리고
다리는 강에서 멀리 떨어져 있다.

1992년 12월

편지들Nəğmələr

아제르바이잔 - 터키

자반쉬르 쿨리예브[1]가 작곡했다

우리는 한 민족, 두 나라
같은 꿈, 같은 목적
둘 다 공화국
아제르바이잔-터키

한 어머니의 두 아들
한 나무의 두 가지
두 나라 모두 위대한
아제르바이잔-터키

모국에서 둥지를 틀고

---

1) Cavanşir Quliyev(1950~): 아제르바이잔의 작곡가로 이 시에 곡을 붙였다.

조국에서 사랑에 빠졌다
어머니의 나라, 아버지의 나라
아제르바이잔-터키

우리의 모든 상황은 하나다
우리의 욕망, 실천
국기에 초승달을 담은
아제르바이잔-터키

종교도 하나, 언어도 하나
달도 하나, 해도 하나
우리의 사랑도 하나, 우리의 길도 하나
아제르바이잔-터키

1991년

분단과 이산을 경험한 지구상의 두 나라,
「귈뤼스탄」으로 만나다

한국인들에게 아제르바이잔은 아직까지는 잘 알려지지 않은 머나먼 나라이다. 그도 그럴 것이 아제르바이잔은 구소련이 해체되고 1991년에 독립한 뒤 1992년에야 대한민국과 외교 관계를 수립했다. 구소련에서 독립한 신생 독립국이며 산유국이라는 점 외에는 국내에 그다지 알려진 바가 없었던 탓인지, 한국에 아제르바이잔 문학 작품이 소개된 사례도 거의 없다. 그러니 늦게나마 아제르바이잔의 민족 시인 배흐티야르 와합자대Bəxtiyar Vahabzadə의 시를 엮어 옮긴 『귈뤼스탄의 시Gülüstan Poeması』를 소개하는 것은 매우 큰 의미가 있다고 볼 수 있다.

시인 배흐티야르 와합자대는 아제르바이잔의 대표적인 민족 시인이다. 현재 아제르바이잔 사회를 이끌어가는 많은 지식인들은 구소련 시절 와합자대의 시 「귈뤼스탄」을 필사해 가방 안에 넣고 다니며 암송했나고 한다. 그렇게 와합자대는 아제르바이잔인들에게 민족혼을 심어주었다.

민족의 현실과 고통을 시로 풀어내 민족정신을 작품에 담아낸 것도 그의 중요한 업적이지만, 그보다 더 큰 것은 교수로서 후학들에게 미친 영향이다. 아제르바이잔의 유서 깊은 명문 대학 바쿠 국립대학 문학 교수로 재직하면서 그는 수많은 학생들에게 '아제르바이잔인'이라는 민족 정체성을 인식시키고, 민족정신을 고양시켰다. 그가 아제르바이잔의 민족 시인이라는 이름을 받게 된 것은 단순히 시작(詩作)에서만 비롯된 것은 아니었다. 후학들의 마음속에 민족혼의 씨앗을 심고, 뿌리를 내리도록 했기 때문이다.

아제르바이잔은 지정학적 위치 때문에 엄청난 풍운과 질곡 속에 탄생했다. 아제르바이잔의 근현대사는 강대국의 입김과 세력 다툼 속에 신음하고 분열한 역사였다. 대표적인 결과가 귈뤼스탄 조약(1813년)이다. 19세기에 러시아와 이란이 체결한 이 조약으로 아제르바이잔은 남과 북으로 두 동강이 났고, 평화롭게 살고 있던 사람들은 졸지에 이산가족이 되어버렸다. 현재 아제르바이잔 영토인 북쪽 지역에 1천만 명, 현재 이란 영토인 남부 아제르바이잔에 3,500만 명 정도가 살게 되었다. 북쪽이 구소련에 편입되면서 남과 북으로 나누어진 아제르바이잔 사람들은 서로 왕래할 수 없는 사이가 되었다가 구소련이 해체되고 독립이 이루어진 뒤에 왕래가 가능하게 되었다.

옮긴이가 터키에서 유학하던 시절 터키에는 「이별Ayrılıq」이라는 노래가 유행했다. 유독 구슬프고 서정적인 멜로디와 노래 구절에 마음이 갔다. 알고 보니 그 노래는 분단과 이산의 아픔을 노래한 아제르바이잔 가요였다. 물론 그 사실을 알게 된 것은 한참이 지나서였다. 하루아침에 오도 가도 못 하게 된 조국의 분단 현실과 이산의 아픔은 아제르바이잔 사람들의 가슴속에 씻을 수 없는 상처와 고통을 남기게 되었다.

어쩌면 아제르바이잔 사람들이야말로 한국인과 잘 통할 수 있는 사람들인지도 모른다. 지구 상에서 한국의 분단 문제와 이산가족의 고통에 가장 크게 공감할 수 있는 사람들이 이들 말고 또 있을까. 그래서인지 아제르바이잔 사람들은 남북한 정상이 판문점에서 만날 때 한국인들과 함께 눈물을 흘리며 기뻐했고, 남북한 화해 분위기에 마음을 졸이면서 간절히 통일을 바라고 있다.

1. 역사의 배신과 분단

  '아제르바이잔'은 '불의 나라'라는 뜻이다. 아제르바이잔이 공식적인 국가 명칭으로 사용되기 시작한 것은 그리 오래된 일이 아니지만 아제르바이잔의 역사는 인류사의 기원만큼이나 거슬러 올라간다. 이 지역에 네안데르탈인이 살았고, 오랜 고대 문명들이 지나갔다. 카스피해를 끼고 있는 캅카스 지역은 지정학적 요충지여서 여러 민족과 국가의 무대가 되었다. 수도인 바쿠에서 카스피해를 따라 남쪽으로 64킬로미터를 달리면 고부스탄이 나온다. 고대인들의 암각화가 발견된 곳이다. 이미 4만 년 전에 인간이 살았던 흔적을 드러내주는 이 지역의 암각화들은 1만 2천 년 전에 새겨진 것으로 추정된다. 이 지역은 2007년 "고부스탄 암각 예술(Gobustan Rock Art Cultural Landscape)"이라는 이름으로 유네스코 세계 문화유산으로 등재되었다. 문명의 흔적만큼이나 신화의 배경이 되기도 하는 곳이다. 불의 나라인 아제르바이잔은 예로부터 불을 숭배하는 조로아스터교가 싹튼 곳이다. 그리스 신화에서 프로메테우스가 불을 받았다고 전해지는 신화의 땅이 바로 이제르바이잔이다. 비가 와도, 눈이 와도 꺼지지 않고 타오르는 그 불을 인간에게 전해준 신화가 바로 이곳 아제르바이잔에서 시작되었다.

아제르바이잔의 영토사만 살펴보아도 세계사를 주름잡았던 모든 주요 민족과 국가들이 이 지역에서 삶을 일구고 문화의 꽃을 피웠다는 것을 알 수 있다. 스키타이, 사카 등을 비롯해 캅카스 알바니아 고대 왕국, 메디나, 바빌로니아, 리디아 등 고대에도 이곳은 주요 지역 중 하나였다. 이후 아케메네스 왕조, 알렉산드로스 대왕의 마케도니아 왕국, 셀레우코스 왕조, 사산 왕조, 아랍 제국, 셀주크 제국, 일한국, 티무르 제국, 사파비 왕조, 하자르 왕조에 이르기까지 그야말로 세계사에 등장했던 수많은 민족들이 이 지역에서 힘겨루기를 하고 세력을 확장했다. 실크로드를 통해서도 많은 부를 축적하고 중요한 역할을 했지만 사파비에 이어 하자르 왕조 멸망 이후 아제르바이잔 지역은 수십 개의 칸국들로 분열했다. 결국 패권은 제정 러시아에게로 넘어가고 만다. 지속적으로 아제르바이잔 지역을 넘보던 표트르 대제는 결국 1723년 바쿠를 점령했고, 1차와 2차에 걸친 러시아-페르시아 전쟁의 결과로 급기야는 1813년 귈뤼스탄 조약이 체결되기에 이른다. 이 조약의 결과는 아제르바이잔의 분단이었다. 러시아는 현재의 아제르바이잔 영토 전체를, 이란은 남부 아제르바이잔 지역을 점령하게 됨으로써 아제르바이잔은 남북으로 갈라진 분단의 역사를 시작하게 된다. 이는 1828년 튀르크맨차이Türkmənçay 조약으로 이어졌다.

러시아가 그토록 이 지역에 눈독을 들인 것은 결국 석유 자원 때문이었다. 자원의 저주일까. 아제르바이잔은 석유로 인해 일찍부터 러시아의 관심 대상이 되었고, 아직도 집요하게 이 지역을 통제하고자 하는 러시아의 욕망 속에서 난국의 현실을 겪고 있다. 석유 자본이 들어오게 된 아제르바이잔은 일찍부터 국제도시로 급격하게 성장했다. 로스차일드 등의 대규모 자본이 들어오기도 했고, 노벨이 러시아로 석유를 운송할 수 있는 송유관을 개발하기도 했다. 이렇게 국제적인 관심이 집중되었다고 해도, 아제르바이잔인들에게 돌아온 것은 식민지 현실뿐이었다.

제국의 식민지 상황을 극복하기 위해서는 근대화 개혁이 필요했다. 이 시기 아제르바이잔에서는 무슬림 사회의 이슬람적 가치와 전통을 지키면서도, 근대화 개혁을 실천해나가야 한다는 각성이 일기 시작했다. 튀르크 민족주의가 전 지식인 사회로 퍼져나갔다. 아제르바이잔 지식인들은 러시아 제국 내 무슬림들이 주도하는 범이슬람회의나 러시아 의회인 두마에 진출하는 등 다양한 방법과 채널을 통해 러시아의 식민 정책을 비판하고 아제르바이잔의 민족 정체성을 지키기 위해 노력하면서 점차로 통일된 민족 국가 건설을 열망하게 된다. 남북 아제르바이잔 지식인들의 통일 및 독립 운동이 고조된 것이다. 당연히 외부 열강은 이들을 가만히 두고 보지 않았다. 귈뤼스탄 조약에 서명해 남과 북으로 영토를 나눠 가졌던 러시아와 이란도 이들의 통일을 염려해 서로 협력하기 시작했다. 동시에 이 시기 주변 정세 또한 급진적으로 변화했다. 1905년 러시아 혁명, 1905~11년 이란 입헌제 혁명, 1908년 청년 튀르크당의 터키 공화제 혁명 등 세계사적 사건들이 일어났다.

이런 상황에 힘입어 아제르바이잔에서도 1917년 10월 볼셰비키 혁명 직후인 1918년 9월 간자Gəncə를 수도로 하는 '아제르바이잔민주공화국'이 탄생했다. 아제르바이잔 최초, 이슬람 세계 최초의 민주공화국이었다. '아제르바이잔'이라는 명칭이 공식적으로 사용된 것도 이때부터였다. '아제르바이잔 튀르크인'이라는 단어가 신문에서 처음 사용된 것은 1891년이다. 이것은 아제르바이잔인들이 자신의 정체성을 규명한 결과가 반영된 것이었다. 튀르크 민족의 정체성은 살리면서, 다른 튀르크어와는 차별화된 아제르바이잔 언어를 사용하는 '아제르바이잔 정체성'을 생각하게 된 것이다. 하지만 역설적이게도 '아제르바이잔인'이라는 정체성은 구소련에 의해 더욱 부각되었다. 튀르크인들의 분열과 분리를 조장하기 위한 것이었다. 당시에는 아제르바이잔 작가 앨리베이 후세인자대Əlibəy Huseyinzadə의 범튀르크 민족주의가 아제르바이잔 지식인들의 사상의 중심이 되었다. 그 내용은 튀르크화, 이슬람화, 유럽화라는 구호 아래 아제르바이잔 국가를 구성해야 한다는 것이었다. 이 튀르크주의는 아제르바이잔의 국기를 구성하는 삼색에도 반영되었다. 파란색은 전통적으로 '튀르크'를 상징하고, 녹색은 '이슬람', 붉은색은 '유럽의 진보 사상'을 상징한다.

그러나 아제르바이잔민주공화국은 오래 지속될 수 없었다. 1920년 4월 구소련의 붉은 군대가 아제르바이잔으로 밀고 들어온 것이다. 간자, 카라바흐Qarabağ 등에서 민중 봉기가 일어났지만 수백 명의 사망자를 낸 채 아제르바이잔공화국은 붉은 군대의 손에 넘어가고 말았다.

붉은 군대로 정권을 잡은 볼셰비키들은 러시아공산당 산하의 아제르바이잔공산당을 구성했다. 그런데 아제르바이잔공산당은 러시아, 아르메니아, 조지아인들로만 채워졌고 아제르바이잔인들은 거의 배제되었다. 공산당은 아제르바이잔 독립 국가의 이상과 민족 전통을 약화시키고 모든 제도를 러시아식으로 바꾸기 시작했다.

소련이 아제르바이잔을 점령하고, 연방으로 편입시키자 오히려 아제르바이잔인들은 본격적으로 민족 정체성을 자각하게 되었다. 따라서 소련 지배 체제에서도 아제르바이잔의 민족 부흥 운동은 활발하게 전개되었다. 이미 1970년대에 민족 부흥 운동이 활발하게 일어난 바 있었고, 카라바흐 지역에서 아르메니아인들과의 충돌이 지속적으로 발발하고 있었기에 민족주의는 갈수록 고조되어갔다. 아제르바이잔어를 공화국 공식 언어로 채택한 것도 이 시기의 일이었다. 1980년대엔 반정부 민족 운동 지도자들을 중심으로 민족 문제, 전통 문화 등에 대한 다양한 연구와 민족 해방 운동이 전개되었다. 남아제르바이잔과의 통일 문제 등 민족 국가 건설에 대해서도 공개적으로 논의하기 시작했다.

2. 독립으로 가는 험난한 질곡의 역사

러시아가 아제르바이잔 영토를 점령한 이후 아제르바이잔인들에게 찾아온 비극은 단순히 남북으로 영토가 나뉜 분단과 이산의 아픔만이 아니었다. 곳곳에 흩어져 있던 아르메니아인들이 아제르바이잔인의 삶의 터전이었던 남캅카스 지역으로 대규모 이주를 시작한 것이다. 1828년 튀르크맨차이 조약 체결 이후부터 시작된 아르메니아인들의 이주는 1988년까지 지속적으로 이어졌다. 아르메니아인들의 이주는 자발적이라기보다는 다분히 러시아의 정치적인 의도가 반영된 정책적 결과였다. 제정 러시아에서 소련에 이르기까지 이 정책은 일관되게 유지되었다. 그들은 무슬림들로 둘러싸인 캅카스 지역에 기독교인들을 정착시켜 러시아의 방어막으로 이용하고자 했다. 오스만튀르크와 페르시아의 관계를 단절시켜 이 지역에 사는 아제르바이잔인들이 이슬람 세계와 연대하는 것을 차단하고자 했던 것이다. 결과적으로 아제르바이잔인들의 오랜 삶의 터전이었던 예레반과 카라바흐 등 많은 아제르바이잔 지역에서 인구 구성비가 변화하기 시작했다. 급기야는 이 지역에 사는 주민들 중 아르메니아인들의 비율이 50퍼센트에 육박하는 상황에까지 이르렀다.

소련 시대에 들어오면 정책은 더욱더 노골화된다. 소련 중앙 정부는 누가 보아도 친아르메니아적인 성향을 띠고 있었기에 아제르바이잔인들의 민족주의는 더욱더 고양될 수밖에 없었다. 더구나 소련이 직접 아제르바이잔의 카라바흐 지역을 통치하겠다고 발표한 이후 아제르바이잔인들의 위기감은 고조되었다. 결국 민족주의 단체인 '아제르바이잔 인민전선(Azerbaijan Popular Front)'이 결성되었다. 1988년 레닌 광장에서 지식인과 노동자들 주도로 수만 명이 참가하는 집회가 열렸다. 이는 정부 공산당의 나고르노-카라바흐에 대한 대응에 강력히 저항하는 시위였다. 시위는 바쿠를 넘어 나히체반, 간자 등지로 확산되었고, 마침내 군경과의 충돌로 다수의 사상자가 발생하게 되었다.

민족주의자들이 결성한 단체인 인민전선은 '아제르바이잔인민민주공화국'을 계승할 것을 선언했고, 민족주의 지도자 애뷜패즈 엘치배이 Əbülfəz Elçibəy가 의장으로 선출되었다. 그러나 나고르노-카라바흐 지역의 상황은 계속 아제르바이잔에 불리하게 전개되었다. 나고르노-카라바흐 지역에 대한 아르메니아의 지배력이 강화되는 가운데, 카라바흐 지역 내 아제르바이잔인 거주 마을들이 아르메니아인에 의해 습격받는 사건이 자주 발생했다. 결국 1990년 1월 13일에서 14일에 이르는 만 이틀 동안 바쿠에서는 반아르메니아 폭동이 일어났다. 인민전선은 이 폭동을 중재하는 데 온갖 노력을 기울였다. 다행히 바쿠는 질서를 되찾았지만 소련 당국에게는 바쿠를 진압할 절호의 기회였다.

결국 1월 20일 새벽, 소련 군대가 탱크를 앞세워 밀고 들어왔다. 이른바 '검은 1월' 사건이었다. 소련군은 침략군과 다름없었다. 그들은 바쿠에서 살아 있는 생명체라면 가리지 않고 닥치는 대로 총을 쏘아댔다고 목격자들은 증언한다. 수많은 민간인들이 '학살'당했다. 언론 매체는 이미 모두 차단된 상태였으므로, 바쿠 시민들은 물론 외부인에게도 철저히 정보가 통제된 상황이었다. 무슨 일이, 왜 발생하고 있는지 아무도 알지 못했다. 이 사건으로 공식적으로만 131명이 사망하고, 774명이 부상을 입었으며, 인민전선에 발을 담그고 있던 민족주의 운동가 40여 명이 체포되었다.

영문도 모른 채 당하고 말았던 바쿠 시민들에게 '검은 1월' 사건은 씻을 수 없는 트라우마가 되었다. 소련 중앙 정부의 군 투입 작전은 이미 오래전에 계획된 것이었다. 아제르바이잔 내에서 공산당 세력이 사실상 권력을 상실하는 데 위협을 느낀 소련 중앙 정부의 기획이었던 것이다. 당시 소련 국방부 장관이었던 드미트리 야조프Dmitry Yazov가 이미 소련군의 바쿠 점령은 아제르바이잔 민족주의자들의 인민전선이 권력을 장악하는 것을 저지하기 위한 것이었다고 실토한 바 있다. '검은 1월' 사건은 아제르바이잔이 소련으로부터 독립을 추구하게 되는 결정적 사건이었을 뿐만 아니라, 소련이 붕괴되는 데에도 영향을 미쳤다.

소련은 해체되었고, 마침내 1991년 8월 30일 아제르바이잔은 독립 국가를 선언했다. 12월 29일 국민투표에서 95퍼센트의 지지를 받게 됨으로써 독립된 아제르바이잔공화국이 탄생하게 되었다. 1992년에는 공산당 무탈리보프 정부를 끌어내리고 애뷜패즈 엘치배이를 수반으로 하는 인민전선 정부가 출범했다. 엘치배이는 대학교수 출신으로 지식인들에게 상당한 지지를 받는 청렴결백한 민족주의 지도자였다. 그는 범튀르크 민족주의 이상을 실천하면서, 반러시아 정책을 펼쳐나갔다.

그러나 러시아는 아제르바이잔의 독립을 쉽게 용인할 수 없었다.

아제르바이잔이 반러 성향으로 기울면서 군사적으로도 대립하게 되자 쿠데타를 통해 정권을 뒤집으려 했다. 이와 더불어 한층 격화된 나고르노-카라바흐 문제와 체제 전환에 따른 경제 위기가 가세했다. 이런 국내외 압박과 혼란 때문에 엘치배이 정권은 1년도 가지 못했다. 이 혼란의 정국을 수습하고 나선 것은 당시 국회의장을 지낸 헤이다르 알리예브이다. 비운의 대통령 엘치배이는 고향인 나히체반에 갇혀 생을 마감했다.

19세기부터 아제르바이잔으로 이주해왔던 아르메니아인들은 아르메니아공화국 수립 이후에도 아제르바이잔 영토의 20퍼센트에 해당하는 나고르노-카라바흐 지역을 점령하고 있다. 1990년대에는 아르메니아인들이 이 지역에 사는 아제르바이잔인들을 추방하거나 학살하면서 아제르바이잔에는 100만 명에 가까운 난민이 발생하는 등 심각한 문제를 겪었다. 1992년에는 호잘르Xocalı 지역에서 613명의 사상자를 낸 '대학살극'이 발생하기도 했다. 이들은 모두 무기를 들지 않은 민간인이었고, 무방비 상태에서 갑작스럽게 아르메니아 군대의 습격을 받았다고 증언하고 있다. 사상자는 모두 민간인으로 어린이, 여성들이었다는 점에서 심각성을 느낄 수 있다. 분리 독립을 주장하는 나고르노-카라바흐 자치 공화국 아르메니아인들 뒤에는 여전히 러시아가 버티고 있으면서, 분쟁을 조장하고 있다고 아제르바이잔인들은 믿고 있다. 이미 지역 분쟁의 차원을 벗어나 국제전 차원으로 접어든 나고르노-카라바흐 전쟁 문제는 끝이 보이지 않는 터널로 치닫고 있기에 더욱 아제르바이잔인들에게 좌절감과 패배감을 안겨주고 있다.

3. 민족의 운명과 함께 성장한 시인

배흐티야르 와합자대의 시(詩)는 아제르바이잔인들의 분단에서부터 독립, 민족 해방 운동, 민주화 투쟁, 그리고 나고르노-카라바흐 전쟁과 아르메니아인들과의 분쟁 등 아제르바이잔의 근현대사적 사건들이 모두 등장하는 역사의 대장정을 다루고 있다. 아제르바이잔 건국 100년에 이르기까지 파란만장한 굴곡의 세월을 거치면서 성장해온 아제르바이잔인들의 한(恨)과 고통, 슬픔, 좌절감, 그럼에도 불구하고 포기할 수 없는 민족의식 등이 시인의 시 한 구절 한 구절을 채우고 있다.

1925년에 섀키Şəki에서 출생했으나, 아홉 살이 되던 해인 1934년 가족이 모두 바쿠로 이주하게 되면서 그 뒤로는 줄곧 바쿠에서 살았던 와합자대는, 1943년에 「어머니와 사진Ana və şəkil」이란 시를 발표하면서 문단에 데뷔했다. 데뷔 이후에는 바쿠와 모스크바를 중심으로 작품 활동을 전개했다. 그의 첫 시집인 『나의 친구들Mənim dostlarım』은 파시즘에 맞서 투쟁하는 민족의 감정과 생각을 표현한 작품이다.

그러나 그의 대표작은 당연히 「귈뤼스탄」이다. 이 시는 단번에 그에게 '민족 시인'이라는 타이틀을 붙여주었다. 그만큼 아제르바이잔인들의 가슴속 민족혼은 이 시로 인해 다시 그 불꽃을 살려낼 수 있었다. 당시에는 소련의 검열이 심해 민족의 현실을 비판한 이런 작품을 출판하기란 불가능했으므로, 「귈뤼스탄」은 삼엄한 검열의 틈새를 뚫고 오롯이 피어난 한 줄기 가녀리고 귀한 꽃이었다. 아제르바이잔의 오래된 작은 도시 섀키 출신인 시인은 지역 신문 『섀키 패흘래시Şəki fəbləsi』의 편집장이 동향 친구여서 1959년 발표의 기회를 얻는다. 지역 신문이기 때문에 별로 구독자가 많지 않았던 상황에도 불구하고 『귈뤼스탄』은 며칠 만에 온 국민에게 퍼지게 된다. 이 시를 출판했다는 이유로 당연히 신문은 폐간되고 말았지만, 『궐뤼스탄』은 아제르바이잔 사람들에게 민족혼을 심는 계기가 되었다. 사람들은 이 시를 암송하고 또 암송하면서 고통스러운 민족의 현실과 아픔을 공유했다.

1960년대부터 시작된 민족 해방 운동을 이끈 지도자였던 와합자대는 대부분의 작품에서 '민족의 분단과 통일, 억압된 현실'을 주요 주제로 다루고 있다. 그는 1958년에 발표한 시(詩)「궐뤼스탄」에서 두 개로 조각난 분단국 아제르바이잔의 역사적 참사에 대해 다음과 같이 언급하고 있다.

> 조약에 명시된 조건들 모두 다 괜찮단다.
> 양국 대표가 차례로 서명한다.
> "양국 대표"라니 누가 양국이란 말인가?
> 양국 대표 모두 생판 남인 이 현실!
> 이 민족의 운명을 생면부지 남들이 결정한단 말인가?
>
> —「궐뤼스탄」중에서

「궐뤼스탄」에는 궐뤼스탄 조약을 맺는 장면이 생생하게 묘사되어 있을 뿐만 아니라, 러시아와 이란이 나라를 두 동강 내는 상황을 직면하고 목격하면서도 어찌할 수 없는 아제르바이잔인들의 한탄과 서러움이 담겨 있다. 시인은 역사 속 위대한 튀르크 영웅들을 환기시키며 이들의 정신과 마주하고자 한다. 톰리스, 바배크, 코르오글루, 오구즈칸 모두 역사와 신화 속에서 불의에 맞선 정의로운 튀르크족 영웅들이다. 튀르크의 선조인 "오구즈칸의 영혼이 외치는 소리가 들리는 듯"하다는 시인의 절규에는 튀르크 민족의 후손으로서 그 누구에게도 부끄럽지 않고 당당한 자신의 모습을 보일 수 없다는 시인 자신의 부끄러움이 녹아 있다.

> 누가 당신들을 우리 고향으로 불러들였단 말인가?
> 단 며칠 사이에 일어난 일이다.
> 귈뤼스탄 작은 마을에
> 한 민족을 둘로
> 가르기 위해 모였다니!
> 그날은 하늘도 흐렸다.
>
> —「귈뤼스탄」 중에서

> 우리 머리 위에는 여전히
> 한쪽엔 두빈카,
> 다른 한쪽엔 샬락이 춤추고 있다.
>
> —「해방」 중에서

조그만 시골 마을 귈뤼스탄은 분단의 역사를 결정한 역사적 공간이 되고 말았는데, 그 후 조그만 돌다리 후다페린를 사이에 두고 양쪽 모두 강을 건널 수 없는 분단의 현실이 이어지면서 한쪽에서는 러시아인이 곤봉 두빈카를 들고 있고, 다른 한쪽에서는 페르시아인이 채찍 샬락을 들고 아제르바이잔인들을 억압하게 된다.

민족의 현실에 대한 자각은 「귈뤼스탄」의 후속편이라고 볼 수 있는 「해방 İstiqlal」에서도 이어진다. 시인은 「해방」에서 러시아와 이란의 발

밑에서 울부짖는 아제르바이잔인들의 자유와 독립을 향한 열망과 투쟁에 대해 쓰고 있다. 나히체반 출신의 연극 연출가인 이삭 오잔 오글루 Ishaq Ozan Oğlu는 독립 이후 아르메니아인들과의 분쟁 속에 파국으로 치닫는 조국의 앞날을 걱정하며 와합자대에게 「귈뤼스탄」의 후속편을 써달라고 요청했는데, 그 요청을 받아들여 시인이 쓴 작품이 바로 「해방」이다.

> 자유를 쟁취해야 한다. 가장 올바른 길은 이것뿐이다.
> "귈뤼스탄"에서 '순국선열들'까지 지나간 이 길은
> 너무 긴 길이었다.
> 돌다리 – 후다페린
> 쓸데없는 돌다리
> 아무도 그 위를 건너지 않았다……
> 깊은 그리움에 마음속에 못이 박혔다.
>
> —「해방」 중에서

시인은 이 시에서 40년이 넘는 세월 동안 아제르바이잔인들이 겪었던 민족적 수모와 현실을 개탄한다. 귈뤼스탄 조약에서부터 '검은 1월' 사건에 이르기까지, 현실은 조금도 변하지 않았고, 돌다리 후다페린은 아무도 건널 수 없는 다리로 쓸모없이 사람들 마음속에 그리움만 못 박고 있다고 개탄한다.

「순국선열들Şəhidlər」이라는 연작시에서는 1990년 1월 20일 소련군의 침공에 맥없이 희생당한 바쿠 시민들의 삶을 기리고 넋을 위로한다. 일명 '검은 1월' 사건의 희생자들은 평범하게 자신의 삶을 살아가던 무고한 시민들이었다. 시인은 「순국선열들」에서 한 사람 한 사람 그들의 삶을 재현하면서 선열들의 넋을 위로하고 있다. 시인은 "우리 순국선열들이 흘린 신성한 피는/내일을 위한 저축이다"(「장하다, 장해!」)라고 주장한다. 그는 현충원에 모셔진 수많은 희생자들의 묘비를 보면서 "우리가 무엇을 잘못했단 말인가?"라고 자문하며 역사를 돌아본다.

> 양심 없는 사람들의 피 묻은 손.
> 죄 없이 맨주먹으로 그 손에 맞선 사람들.
> 땅바닥에서 별처럼 스러져갔다.
> 우리는 살인자를 벌하고자 했지만
> 그들은 오히려 직위를 얻었다.
> ―「우리가 무엇을 잘못했단 말인가?」 중에서

시인 와합자대는 「내가 지은 죄들Mənim günahlarım」이라는 시에서 튀르크인이기 때문에 주변국들에 당하는 설움과 압박, 억압적 현실을 폭로하고 있다. "튀르크인이라는 게 왜 죄인지"를 물으며 튀르크 민족이라는 정체성을 다시 한번 확인한다. 갈등과 분쟁은 아르메니아인으로 인해 생기는데도 불구하고, 편파적으로 억압당하는 튀르크 아제르바이잔인들의 억울함과 한을 녹여내고 있는 것이다.

> 중앙 권력은 나만 쏘아보고 있다. 그쪽은 처다보지도 않는다.
> 우리가 가지고 있는 무기는 죄다 빼앗아 갔으면서
> 아르메니아인의 대포는 왜 보지 못하는가.

민족 간 평등은

종이 위의 마른 잉크라는 것을 알게 되었다.

학살 사건 이후 우리는 많은 것을 알게 되었다.

우리의 죄는 튀르크라는 것이다!

—「내가 지은 죄들」중에서

소련 군대가 탱크로 밀고 들어와 바쿠 시민들을 무차별 공격한 이
후, 주변국 정세와 역사는 아제르바이잔인들에게 호의적이지 않았다.
그럼에도 불구하고 시 속의 주인공들은 모두 자유와 독립에 대한 열망
과 정의와 권리를 얻기 위한 투쟁으로 현대 사회를 열어가고자 한다.
'검은 1월' 사건 희생자들은 모두 우리가 언제 어디에서나 만날 수 있는
평범한 소시민들이다. 어찌 보면 바쿠 시민들 모두가 희생자이다. 신혼
부부 일함과 패리재Ilham-Fərizə, 여고생 라리사Larisa, 평범한 할머니 쉬
래이야 래티프의 딸Sürəyya Lətifqızı, 희생자들을 도우려 했던 어르신 바
바 선생님Baba müəllim, 부상자를 도우려 했던 러시아 의사 알렉산드르
마르헤브카Aleksandr Marxevka, 울분을 참지 못하고 자살을 선택한 히다
예트Hidayət, 아가배이Ağabəy, 정의와 선의 이름으로 자민족의 만행을
견디지 못해 자살한 아르메니아인 게오르기 란티코비치Georgi Rantikoviç
등…… 아제르바이잔인 모두가 그날 밤 순국선열로, 애국자로 거듭 태
어났다.
소비에트 시기는 아제르바이잔인에게는 고통과 어둠의 시기였다.
'아제르바이잔'이라는 국가 정체성은 사라졌고, 주권을 박탈당한 자민
족의 고통은 어느 장르에서도 삼엄한 검열을 통과할 수 없었다. 와합자
대는 이 당시 창작했던 연작시를 소련 붕괴 이후 '상자에 담아둔 말들

Sandıqdan səslər'이라는 제목을 달아 출판했다. 자신의 젊은 시절을 회고하면서 두려움 때문에 충분히 자신의 생각과 사상을 언어로 표현해낼 수 없어 상자에 담아둘 수밖에 없었던 회한을 조심스레 풀어놓고 있다.

이 시대와 사회가 겪고 있는 다양한 주제 및 문제들을 다루고 있는 시인 와합자대의 시는 다분히 철학적이며 사색적이다. 시인은 생명의 측면에서 겪을 수밖에 없는 절체절명의 문제들과 인간적인 고통을 휴머니즘의 입장에서 깊게 분석하고 있다. 「다채로운 꽃Əlvan çiçəklər」 「인간 그리고 시간İnsan və zaman」 그리고 「그리움의 시(詩)Həsrət Nəğmələri」와 같은 연작시들이 대표적이다. 공허한 내면세계에 대한 탐구, '나'를 찾기 위해 던지는 근원적 질문들이 「뭔가 부족해」 「나는 나 자신을 부인한다」에 드러나고 있다. 아제르바이잔 민족 정체성과 그들이 처한 현실에 대한 자각은 독립 이후에는 한 인간으로서 인간의 근원적 삶과 본질에 대해 던지는 질문으로 변화한다. 그는 이렇게 자기 자신과 마주하고 세계와 타협하는 과정에 이르기까지 자신에게 수많은 질문을 던지며 세상과 화해하는 과정을 거쳐간다.

결국 시인 와합자대는 「무엇이든 자신이 되어라」라는 시에서 다시 한번 어떻게 살아야 하는지에 대한 그 본질적이고 철학적인 문제를 풀어낸다. 무슨 일이 있어도 인간은 내면의 부름과 양심에 맞게 살아야 한다는 것이 와합자대가 권하는 삶을 마주하는 태도이다. 그는 진지하고 엄숙하게 삶 그리고 세상과 직면한다.

무엇이든, 자기 자신이 되시오!
그 순간 당신은 새로워질 것이니
누군가를 흉내 내는 순간 당신은 옛것이 될 것이오!

무엇이든 자기 자신이 되시오.

—「무엇이든 자신이 되어라」 중에서

와합자대는 독창적인 시적 사고, 다양성과 창의성으로 아제르바이
잔 문단을 풍요롭게 장식했다. 우리나라에는 지금까지 소개될 기회를
얻지 못했지만 구소련, 튀르크 국가들, 유럽과 미국에서는 매우 잘 알려
진 시인이다. 당연히 미국, 독일, 터키, 러시아, 이란 등 여러 나라에 작
품이 번역, 출판되었다. 특히, 터키에서는 꾸준한 인기를 얻고 있는데,
그 이유는 「나는 아제르바이잔의 아들이다Azərbaycan oğluyam」라고 부르
짖는 그의 시에서 볼 수 있듯이, 민족 문제를 다양한 범주에서 다루고
있기 때문이다. 시인이 생존해 있던 당시에도 그의 작품은 고전으로 인
정받았다. 더불어 전 세계에서 시인에 대한 학술적 연구도 활발히 진행
되고 있다. 아제르바이잔뿐만 아니라 다른 나라에서도 시인 와합자대의
작품이 인기를 얻고, 학술 연구 대상으로 가치를 인정받고 있는 이유는,
그의 작품이 민족의식과 인간 본성, 독특한 시적 사고를 모두 조화롭게
풀어내고 있기 때문이다. 소련 지배 시기와 독립 이후 20년 동안 시인
이 썼던 시들에 대한 새롭고 종합적인 평가가 요구되는 시점이다.

키르기스스탄 출신의 세계적인 작가 칭기즈 아이트마토프Ç.Aytmatov
는 "와합자대의 시는 본질적으로 민족을 기반으로 한다. 자기 민족의
살아 움직이는 언어로 멋진 건축물을 짓는다는 건 대단히 멋진 일이다"
라고 치하하고 있다. 아마도 이 말에는 구소련 시절 민족 언어인 키르
기스어가 아닌 러시아어로 평생 작품을 썼던 아이트마토프의 모국어
창작에 대한 그리움과 부러움이 녹아 있는지도 모른다. 아이트마토프
는 말한다. "그래서 더욱 와합자대의 시와 미학은 더욱 높은 수준으로

승화된다. 그의 시는 민족적 차원에만 머무르지 않는다. 우주적이고 보편적이다."

4. 옮긴이의 마음 상자에서 꺼낸 말들

소련의 삼엄한 경계와 검열을 뚫고 민족 언어 아제르바이잔어로 아제르바이잔인의 가슴속에 남아 있는 민족혼의 불씨에 불을 지핀 시인 배흐티야르 와합자대야말로 아제르바이잔 건국 100주년을 맞이하여 한국 독자들이 반드시 맞이해야 하는 귀한 손님이 아닐까 싶다.

불의 나라 아제르바이잔, 바람의 도시 수도 바쿠, 사람도 도시도 모두 아름답다. 거리마다 카스피해에서 불어오는 바람이 몸을 휘감는다. 백 년 전이나 지금이나 변함없이 바쿠의 거리와 골목을 채우고 있는 그 바람은 한국인인 내게도 아제르바이잔 사람들이 살아냈던 근현대사의 설움과 회환을 고스란히 전해주고 있다. 그럼에도 불구하고 바쿠의 시민들은 활기차고, 밝고, 의욕에 차 있으며, 건강하다. 그들은 미래를 이야기하며, 평화를 말한다. 과거의 원한이나 복수를 말하지 않는다. 그래서 더욱 바쿠는 아름답다. 이미 오래전부터 국제도시였던 바쿠 거리에서 여러 나라 말이 들려오는 것 또한 자연스러운 일이다. 인종과 민족을 가리지 않고 사람에 대한 존중과 평화를 소중히 하는 그 마음 또한 사람들의 말씨와 태도에서 전해진다. 이것이야말로 민족의 현실을 폭로하면서도, 인간의 본질적 문제를 놓치지 않았던 시인 배흐티야르 와합자대가 전하고자 했던 메시지가 아닐까 싶다.

튀르크학 전공자로서 아제르바이산의 민족 시인 배흐티야르 와합자대의 시를 엮어 한국 독자에게 소개할 기회를 갖게 된 것은 큰 기쁨이다. 외국 문학 전공자로서 늘 느끼는 바이지만, 나를 그 나라와 연결해주는 것은 언제나 귀한 인연들이고 사람들이다. 그들과 맺는 아름다운 우정은 무엇보다도 나를 채워주는 풍요로움이고, 소중한 자산이다.

아제르바이잔 문학을 한국에 소개해야겠다고 마음먹은 것도 역시 이런 귀한 인연들 때문이었다. 솔직히 튀르크학 연구자이면서도 몇 년 전까지만 해도 아제르바이잔에 크게 관심을 갖지 못했었다. 더구나 아무리 터키어와 아제르바이잔어가 가깝다고 해도 새로운 언어를 익혀야 한다는 것은 너무나 많은 노력과 시간, 에너지를 들여야 하는 도전이었기에 아제르바이잔 문학을 연구하고 번역하겠다는 생각은 감히 엄두를 낼 수가 없었다. 그럼에도 불구하고 나를 아제르바이잔에 묶어준 것은 그곳에서 만난 사람들이었다.

2016년 처음 바쿠를 방문했을 때, 문학 전공자인 바쿠 국립대학교 와기프 술탄르Vaqif Sultanlı 교수는 내게 아제르바이잔의 문화유산과 정신을 한국에 널리 알려달라고 부탁했는데, 짧은 대화 속에서도 진심으로 조국과 민족을 사랑하는 그 마음이 느껴져 숙연해질 정도였다. 급기야 나는 2018년 여름 본격적으로 아제르바이잔어를 공부하기로 마음먹고 바쿠를 다시 방문했다. 짧은 시간 동안 정말 많은 것을 보여주려고 헌신적으로 애를 써준 와기프 교수의 정성은 잊을 수가 없다.

이렇게 시작된 아제르바이잔과의 인연은, 아제르바이잔 건국 100주년을 맞이해 시집 출판을 제안해준 주한 아제르바이잔 대사관의 램지 테이무로브Rəmzi Teymurov 대사와 와기프 제페로브Vaqif Cəfərov 부대사 덕에 배흐티야르 와합자대의 시집 번역과 출판으로 이어지게 되었다. 이 책이 세상에 나오게 되기까지 현실적으로 이 두 분의 노력이 크게 작용했다. 두 분은 외교관으로서 진심으로 아제르바이잔과 한국이 굳건한 친분 관계를 맺기를 바라는 분이었다. 아제르바이잔 문학을 통해 아제르바이잔 역사와 정신문화를 알리는 방법으로 한국과 아제르바이잔 사람들의 마음을 잇는 가장 굳건하고 튼튼한 다리를 놓고자 하는 시도는 튀르크 문학 연구자인 내게는 고마운 일이 아닐 수 없다. 와기프 제페로브 부대사처럼 유창한 한국어를 구사하며 한국에서 박사학위까지 취득한 한국전문가가 있다는 것도 한국의 입장에서는 매우 고무적인 일이다.

이 분들의 권유와 두 나라 사람들의 마음을 잇는 다리를 놓고 싶다는 사명감은 내게 아제르바이잔이라는 새로운 세계의 문을 두드릴 용기를 갖게 해주었다.

더불어 학술원 아시아센터장 베디르한 에헤메도프Bədirxan Əhmədov 교수도 바쿠에서 작업을 마무리하는 과정에서 많은 자문과 조언을 아끼지 않았으니 마땅히 감사를 드려야 하는 분이다. 그리고 무엇보다 내게 현실적으로 가장 많은 도움을 준 사람은 동덕여대 유라시아튀르크 연구소 연구원이면서, 인하대학교에서 박사 과정을 밟고 있는 유학생 레일라 매심리Leyla Məsimli이다. 레일라는 앞으로 본국으로 돌아가서 한국과 아제르바이잔의 교량 역할을 할 수 있는 귀한 인재가 되리라고 생각한다. 한국은 취업 기회의 제한 등 여러 가지 현실적인 이유로 아직 아제르바이잔 전문가를 양성하지 못한 상황이라 아제르바이잔인 후학들의 역할에 거는 기대가 더욱 클 수밖에 없다.

모두의 귀한 자문과 친절한 도움의 결과가 이 책에 담겼다. 더불어 실질적으로 아제르바이잔 문학이 한국에 소개될 수 있는 장을 열어준 대산문화재단과 어렵게 출판을 결심해준 문학과기선사의 용기 있는 결정에도 감사의 마음을 전하고 싶다. 정성스럽게 책을 만들어준 문학과 지성사 외국문학팀도 역시 연금술의 묘미를 느끼게 해준 분들이다.

마지막으로 언제나 방학만 되면 연구·학술 활동을 위해 짐을 꾸려 떠나도 단 한 번의 반대 없이 언제나 진심으로 응원해주고 걱정해주는 남편, 시골에 홀로 계셔도 자주 찾아뵙지 못하는 어머니, 맏며느리 노릇을 제대로 못 해도 늘 너그러우신 시부모님께도 마음의 빚이 있다.

많은 사람들의 염원과 용기 있는 결정, 추진력 등을 담고 이 시집이 세상에 나오게 되었다. 우리에게는 공간적으로도, 심리적으로도 머나먼 나라 아제르바이잔! 그들의 역사와 정신이 담긴 이 시집이 한국인의 가슴속에 아제르바이잔 사람들과 같이 공감하고 공명하는 마음의 길을 열 수 있기를 간절히 바란다. 그 마음 길이 평화로 가는 길, 인간에 대한 사랑의 길, 조화로운 세상을 만드는 길이 되기를 빌면서.

바람의 도시 바쿠에서
옮긴이 오은경

1925	아제르바이잔의 북부 고대 도시 섀키Şəki의 노동자 집안에서 출생.
1934	부모가 바쿠Bakı로 이주.
1942	아제르바이잔 바쿠 국립대학교 아제르바이잔 문학과에 입학.
1943	첫 작품인 시 「어머니와 사진Ana və şəkil」을 발표하며 문단에 데뷔.
1945	아제르바이잔 작가 연맹 회원 가입.
1947	아제르바이잔 바쿠 국립대학교 졸업.
1949	첫 시집 『나의 친구들Mənim dostlarım』 출간.
1950	아제르바이잔 바쿠 국립대학교 현대 아제르바이잔 문학과 교수로 임용. 시집 『봄Bahar』 출간.
1951	아제르바이잔 바쿠 국립대학교에서 "새매드 부르군의 서정시 연구(Səməd Vurğunun lirikası)"라는 주제로 준박사 학위 취득. 시집 『영원한 동상Ədəbi beykəl』 출간.
1956	시집 『플라타너스Çinar』 『소시민Sadə adamlar』 출간. 학술 서적 『민족의 시인 새매드 부르군』이 아제르바이잔 국립대학교에서 출간.
1958	시집 『달밤Aylı gecə』 출간. 시 「귈뤼스탄」 집필.
1959	지역 신문 『섀키 패흘래시Şəki fəhləsi』에 시 「귈뤼스탄」 게재. 시집

『이별의 밤Şəbi bicran』 출간.

1961 『시선집 1권Seçilmiş əsərləri』 출간.

1962 시집 『고백Etiraf』 『이별의 밤Şəbi bicran』 출간. 문제작 「귈뤼스탄」 발표를 구실로 아제르바이잔 바쿠 국립대학교에서 해고당함.

1964 아제르바이잔 바쿠 국립대학교에 복직. 쉬르매매드 휘세이노브 Şirməmməd Hüseynov 교수는 시인 와합자대를 해고할 경우, 심각한 파장과 동요가 예상되어 박사 학위 논문을 준비하기 위해 휴가를 주는 형식을 취했다고 밝힘. "새매드 부르군Səməd Vurğun의 생애와 작품 세계"를 주제로 박사 학위 논문 발표, 인문학 국가 박사학위 취득. 시집 『사람과 시간İnsan və zaman』 출간.

1966 시집 『하나의 마음속에 들어 있는 사계절Bir ürəkdə dörd fəsil』 출간.

1967 『시선집 2권Seçilmiş əsərləri』 출간.

1968 학술 서적 『새매드 부르군 평론집Səməd Vurğun』 출간. 시집 『뿌리들-나뭇가지들Köklər-budaqlar』 출간.

1969 시집 『바다-해변Dəniz sahil』 출간.

1970 시집 『사백육십Dörd yüz on altı』 출간.

1971 시집 『어느 봄날 만난 제비Bir baharın qaranquşu』 출간.

1973 시집 『동트는 곳Dan yeri』 출간.

1974 『시선집 1권』 재출간. 아제르바이잔의 명예 예술가로 선정됨.

1975 『시선집 2권』 재출간.

1976 아제르바이잔 국가상 수상. 비평서 『예술가와 시간Sənətkar və zaman』 출간. 시 「레닌과의 대화Leninlə söhbət」 「무감Muğam」 발표. 이 시로 아제르바이잔 국가상(Azərbaycan Dövlət mükafatı) 수상.

1977 시집 『솔직한 대화Açıq söhbət』 출간.

1978 시집 『단순함의 위대함Sadəlikdə böyüklük』 출간.

1979 시집 『펼쳐지는 아침들이여 안녕Açılan səhərlərə salam』 출간.

1980	『희곡집Pyeslər』 출간. 아제르바이잔 과학아카데미(Azərbaycan Milli Elmlər Akademiyası) 회원으로 선정.
1981	제7회 소련 작가회의(SSRİ Yazıçılarının 7-ci Qurultayı)에서 소련 작가연맹 운영위원으로 선정.
	시집 『가을의 사색Payız düşüncələri』 출간.
1982	시집 『무감』 출간. 『조국 불꽃의 열기Vətən ocağının istisi』 출간.
1983	『시선집 1권』 재출간.
1984	『시선집 2권』 재출간. 비평서 『새매드 부르군 평론집』 재출간. 아제르바이잔 민족 시인 선정. 소련 정부 국가상(SSRİ Dövlət Mükafatı laureatı) 수상.
1985	시집 『우리 자신과의 대화Özümüzlə söhbət』 출간.
1986	학술 논문 서적 『깊은 곳에도 퍼지는 빛Dərin qatlara işıq』 출간.
1987	시집 『세상은 돌고 돈다Axı dünya fırlanır』 출간.
1988	시집 『솔직하게 얘기해봅시다Gəlin açıq danışaq』 출간. 미르제 페텔리 아쿤도브 문학상 수상.
1990	시집 『서정시Lirika』 출간.
1991	아제르바이잔 작가연맹(Azərbaycan Yazıçılar İttifaqının)의 운영위원, 원로회 회원. 아제르바이잔 공산당 바쿠 시(市) 위원회 회원, 국회의원 선출.
1993	시집 『희망의 동상을 세우자Ümidə beykəl qoyun』 출간.
1994	시집 『국민Vətəndaş』 출간.
1995	희곡집 『통곡Fəryad』 출간. 아제르바이잔 국회에서 국회의원 선출. 적색노동깃발상(Qırmızı Əmək Bayrağı ordeni) 수상, 자유상(istiqlal ordeni) 수상.
1996	시집 『다리는 강에서 멀리 떨어져 있다Körpü çaydan uzaq düşüb』 출간.
1998	시집 『꿈같은 인생Bir ömür yuxu』 출산.

1999	시집 『해방*İstiqlal*』출간.
2000	시집 『머리하고 마음이 따로 논다*Ağıl başqa, ürək başqa*』출간. 국회의원 선출. 아제르바이잔 국립학술원(Azərbaycan Milli Elmlər Akademiyası) 정회원.
2002	시집 『흰 말 탄 남자*Ağ atlı oğlan*』출간.
2001	『시선집 1권』재출간.
2002	『시선집 2권』재출간. 『시선집 3권』『시선집 4권』『시선집 5권』출간.
2009	83세로 바쿠에서 사망.
2018	8월 31일 고향 섀키에서 시인의 생가가 박물관으로 개관.

세계문학과 한국문학 간에 혈맥이 뚫려,
세계-한국문학의 공진화가 개시되기를

    21세기 한국에서 '세계문학'을 읽는다는 것은 무엇을 뜻하는가? 자국문학 따로 있고 그 울타리 바깥에 세계문학이 따로 있다는 말인가? 이제 한국문학은 주변문학이 아니며 개별문학만도 아니다. 김윤식·김현의 『한국문학사』(1973)가 두 개의 서문을 통해서 "한국문학은 주변문학을 벗어나야 한다"와 "한국문학은 개별문학이다"라는 두 개의 명제를 내세웠을 때, 한국문학은 아직 주변문학이었다. 한데 그 이후에도 여전히 한국문학은 주변문학이었다. 왜냐하면 "한국문학은 이식문학이다"라는 옛 평론가의 망령이 여전히 우리의 의식을 장악하고 있었기 때문이다. 그렇게 생각하고 그렇게 읽고, 써온 것이었다. 그리고 얼마간 그런 생각에 진실이 포함되어 있는 것도 사실이었다. 그러나 천천히, 그것도 아주 천천히, 경제성장이나 한류보다는 훨씬 느리게, 한국문학은 자신의 '자주성'을 세계에 알리며 그 존재를 세계지도의 표면 위에 부조시키고 있었다. 그런 와중에 반대 방향에서 전혀 다른 기운이 일어나 막 세계의 대양에 돛을 띄운 한국문학에 위협적인 격랑을 밀어붙이고 있었다. 20세기 말부터 본격화된 '세계화'의 바람은 이제 경제적 재화뿐만이 아니라 어떤 나라의 문화물도 국가 단위로만 존재할 수 없게 하였던 것이니, 한국문학 역시 세계문학의 한 단위라는 위상을 요구받게 되었던 것이다.

그러니 21세기 한국에서 세계문학을 읽는다는 것은 진정 무엇을 뜻하는가? 무엇보다도 세계문학이라는 개념을 돌이켜 볼 때가 되었다. 그동안 세계문학은 '보편문학'의 지위를 누려왔다. 즉 세계문학은 따라야 할 모범이고 존중해야 할 권위이며 자국문학이 복종해야 할 상급 문학이었다. 그리고 보편문학으로서의 세계문학의 반열에 올라간 작품들은 18세기 이래 강대국의 지위를 누려온 국가의 범위 안에서 설정되기가 일쑤였다. 이렇게 해서 세계 각국의 저마다의 문학은 몇몇 소수의 힘 있는 문학들의 영향 속에서 후자들을 추종하는 자세로 모가지를 드리워왔던 것이다. 이제 세계문학에게 본래의 이름을 돌려줄 때가 되었다. 즉 세계문학은 보편문학이 아니라 세계인 모두가 향유할 수 있도록 전 세계 방방곡곡에서 씌어져서 지구적 규모의 연락망을 통해 배달되는 지구상의 모든 문학이라고 재정의할 때가 되었다. 이러한 재정의에는 오로지 질적 의미의 삭제와 수량적 중성화만 있는 게 아니다. 모든 현상학적 환원에는 그 안에 진정한 가치를 향해 나아가고자 하는 지향성이 움직이고 있다. 20세기 막바지에 불어닥친 세계화 토네이도가 애초에는 신자유주의적 탐욕 속에서 소수의 대국 기업에 의해 주도되었으나 격심한 우여곡절을 겪으며 국가 간 위계질서를 무너뜨리는 평등한 교류로서의 대안-세계화의 청사진을 세계인의 마음속에 심게 하였듯이, 오늘날 모든 자국문학이 세계문학의 단위로 재편되는 추세가 보편문학의 성채도 덩달아 허물게 되어, 지구상의 모든 문학들이 공평의

체 위에서 토닥거리는 게 마땅하다는 인식이 일상화까지는 아니더라도 최소한 정당화되고 잠재적으로 전망되는 여건을 만들어내게 되었던 것이다.

또한 종래 세계문학의 보편문학적 지위는 공간적 한계만을 야기했던 게 아니다. 그 보편문학이 말 그대로 보편성을 확보했다기보다는 실상 협소한 문학적 기준에 근거한 한정된 작품 집합에 머무르기 일쑤였다. 게다가, 문학의 진정한 교류가 마음의 감동에서 움트는 것일진대, 언어의 상이성은 그런 꿈을 자주 흐려왔으니, 조급한 마음은 그런 어둠 사이에 상업성과 말초적 자극성이라는 아편을 주입하여 교류를 인공적으로 촉진시키곤 하였다. 이제 우리는 그런 편법과 왜곡을 막기 위해서, 활짝 개방된 문학적 관점을 도입하여, 지금까지 외면당하거나 이런저런 이유로 파묻혀 있던 숨은 걸작들을 발굴하여 널리 알리고 저마다의 문학을 저마다의 방식으로 감상할 수 있는 음미의 물관을 제공해야 할 것이다. 실로 그런 취지에서 보자면 우리는 한국에 미만한 수많은 세계문학전집 시리즈들이 과거의 세계문학장을 너무나 큰 어둠으로 가려오고 있었다는 것을 절감한다.

이와 같은 인식하에 '대산세계문학총서'의 방향은 다음으로 모인다. 첫째, '대산세계문학총서'의 기준은 작품의 고전적 가치이다. 그러나 설명이 필요하다. 이 고전은 지금까지 고전으로 인정된 것들에 갇히지 않는다. 우리가 생각하는 고전성은 추상적으로는 '높은 문학성'을 가리킬 터이지만, 이 문학성이란 이미 확정된 규칙들에 근거한 문학성(그런 문학성은 실상 존재하지 않거니와)이 아니라, 오로지 저만의 고유한 구조를 통해 조직되는데 희한하게도 독자들의 저마다의 수용 기관과 연결되는 소통로의 접속 단자가 풍요롭고, 그 전류가 진해서, 세계의 가장 많은 인구의 감성을 열고 지성을 드높일 잠재적 역능이 알차게 채워진 작품의 성질을 가리킨다. 이러한 기준은 결국 작품의 문학성이 작품이나 작가에 의해 혹은 독자에 의해 일방적으로 결정되는 것이 아니라, 세 주체의 협력에 의해 형성되며 동시에 그 형성을 통해서 작품을 개방하고 작가의 다음 운동을 북돋거나 작가를 재인식시키며, 독자의 감수성을 일깨워 그의 내부에 읽기로부터 쓰기로의 순환이 유장하도록 자극하는 운동을 낳는다는 점을 환기시키고 또한 그런 작품에 대한 분별을 요구한다.

이 첫번째 기준으로부터 두 가지 기준이 덧붙여 결정된다.

둘째, '대산세계문학총서'는 발굴하고 발견한다. 모르거나 잊힌 것을 발굴하여 문학의 두께를 두텁게 하고, 당대의 유행을 따라가기보다는 또한 단순히 미래를 예측하기보다는 차라리 인류의 미래를 공진화적으로 개방할 수 있는 작품을 발견하여 문학의 영역을 확장할 것을 목표로 한다. 이는 또한 공동선의 실현과 심미안의 집단적 수준의 진화에 맞추어 작품을 선별한다는 것을 뜻한다.

셋째, '대산세계문학총서'가 지구상의 그리고 고금의 모든 문학작품들에게 열려 있다면, 그리고 이 열림이 지금까지의 기술 그대로 그 고유성을 제대로 활성화시키는 방식으로 진행되는 것이라면, 이는 궁극적으로 '가장 지역적인 문학이 가장 세계적인 문학'이라는 이상적 호환성을 추구한다는 것을 가리킨다. 이는 또한 '대산세계문학총서'의 피드백에도 그대로 적용될 것이다. 즉 '대산세계문학총서'의 개개 작품들은 한국의 독자들에게 가장 고유한 방식으로 향유될 터이고, 그럴 때에 그 작품의 세계성이 가장 활발하게 현상되고 작용할 것이다.

이러한 기준들을 열린 자세와 꼼꼼한 태도로 섬세히 원용함으로써 우리는 '대산세계문학총서'가 그 발굴과 발견을 통해 세계문학의 영역을 두텁고 넓게 하는 과정 그 자체로서 한국 독자들의 문학적 안목과 감수성을 신장시키는 데 기여할 것을 기대하며, 재차 그러한 과정이 한국문학의 체내에 수혈되어 한국문학의 도약이 곧바로 세계문학의 진화로 이어지게끔 하기를 희망한다. 이는 우리가 '대산세계문학총서'를 21세기의 한국사회에서 수행하는 근본적인 소이이다. 독자들의 뜨거운 호응을 바라마지않는다.

'대산세계문학총서' 기획위원회